AF186325

Nur selber denken macht schlau.

(Gudrun Trut)

Christine Trops

Hühnerkram

Zeitungsberichte aus der Welt der Hühner

ᛕᛕ

2020 Christine Trops

Umschlaggestaltung unter Verwendung einer Zeichnung von Lily Hötling

Verlag: tredition GmbH, Halenreie 40-44, 22359 Hamburg
ISBN: 978-3-347-16652-3 (Hardcover)
ISBN: 978-3-347-16651-6 (Paperback)
ISBN: 978-3-347-16653-0 (e-Book)
Printed in Germany

Bibliografische Information der Deutschen Nationalbibliothek:
Die Deutsche Nationalbibliothek verzeichnet diese Publikation in der Deutschen Nationalbibliografie; detaillierte bibliografische Daten sind im Internet über http://dnb.d-nb.de abrufbar.

Inhalt

KK

Vorbemerkung

Da ich seit vielen Jahren als menschliche Beobachterin bei der EGU (Europäische Geflügel-Union) akkreditiert bin, hatte ich die Gelegenheit, die nachfolgenden Berichte und Artikel für dieses Buchprojekt sammeln zu können.

Alle Artikel wurden zunächst in Une Cour à SOI veröffentlicht, einer vor allem von Hennen mit bildungsbürgerlichem Hintergrund, aber auch von nicht wenigen Hähnen gern gelesenen Zeitschrift. Ihr Name ist dem gleichnamigen Essay von Virginia Broody entlehnt, einem der meist-rezipierten Texte der Hennenbewegung.

Ich bedanke mich bei den Hühnern für die freundliche Genehmigung zum Nachdruck in voller Länge.

Ähnlichkeiten zu Personen oder Geschehnissen in der Welt der Menschen sind rein zufällig und somit unbedingt ins Reich der Fabel zu verweisen.

Christine Trops
Europäische Union, im Oktober 2020

KK

kk

Da nicht alle Leserinnen und Leser gleichermaßen mit der EGU (Europäische Geflügel-Union) vertraut sind, hier zur Einführung ein Bericht von einer ihrer ersten Konferenzen.

Montag, 02. September 2002

(...) Am vergangenen Wochenende veranstaltete die Europäische Geflügel-Union eine Konferenz zur Verbesserung der Lage der Hühner aller Länder. Zur Vorsitzenden wurde Rose Rooster berufen, die gemäß Tagesordnung sogleich Aufgaben an die Arbeitsgruppen verteilen wollte.

Sylvie Poulet lackierte sich gelangweilt die Krallen, während Karl Hahn im Plenum ausschweifend über die Notwendigkeit zu sprechen begann, die Eierproduktion zu steigern, um die Unabhängigkeit auf finanziell sicheren Grund zu stellen. Daraufhin stellte Emma Huhn sofort einen Antrag auf eine Sonderresolution der hennenbewegten Hühnergruppe. Sie verlangte Kükenkrippen, um die Hühner zum Wohle der Allgemeinheit von der Nestarbeit zu entlasten. Marco Pollo stimmte ihr mit verklärtem Blick zu: „Ah si, für die Bambini muss man etwas tun!" Höfliches Gähnen von José Gallo zu diesem Thema. Er fand, das sei allein Hennensache. Wichtig sei die Revolution an sich, alles andere jedoch nur Hühnerkram. Emma Huhn funkelte ihn wütend an.

Marco Pollo weigerte sich, zusammen mit Anna Nikolaevna Kuriza in der Arbeitsgruppe zu arbeiten, die einen Vorschlag zur angestrebten politischen Organisationsform der Vereinten Hühner machen sollte. Er verlangte, dass Mika Kananpoika diese Aufgabe übernehmen sollte, weil der schließlich in der Gewerkschaft sei. Stattdessen schlug er vor, einen Streik zu veranstalten, und er würde dessen Organisation übernehmen. José Gallo beanspruchte diese Aufgabe jedoch für sich und beschuldigte

Marco Pollo, sich auf Kosten der Allgemeinheit profilieren zu wollen.

Derweil kritisierte Frédéric LeCoq die Verpflegung während der Konferenz. Frisches Brot und ein Napf Rotwein seien durchaus Mindeststandard, fand er. Astrid Höna wies ihn streng zurecht. Die afrikanischen Hühner hätten kaum ein Korn zu picken, und es sei daher höchst unangemessen, Rotwein zu verlangen. Karl Hahn widersprach ebenfalls energisch und versuchte stattdessen, die allgemeine Aufmerksamkeit auf die Hygienestandards in den Legebatterien zu lenken. Rose Rooster gackerte empört und beantragte, Legebatterien insgesamt zu ächten. Hier fand sie die Unterstützung von Emma Huhn und Sylvie Poulet, wenn diese auch aus völlig unterschiedlichen Motiven ausnahmsweise einer Meinung waren. Anna Nikolaevna Kuriza murmelte vor sich hin, eine moderne Legebatterie mit einem Nest pro Huhn sei immerhin besser als die so genannten Kommunalnester, die in ihrer Heimat bis vor einigen Jahren gang und gäbe gewesen seien und wo sich mehrere Familien ein Nest hatten teilen müssen. Astrid Höna wies auf den Nestbausatz „Hänna" hin, der von einem halbwegs geschickten Bastler in wenigen Minuten montiert sei.

Währenddessen hatten sich die Hähne in lockerer Runde zusammengefunden und diskutierten über die Möglichkeit der Steuerbefreiung für geistige Getränke. Hier tat sich vor allem Mika Kananpoika sehr hervor. Frédéric LeCoq konnte ihm, so schmerzlich es ihm war, nicht ganz zustimmen, denn seiner Meinung nach verlangten die diversen Nationalgetränke doch eine unterschiedliche Behandlung. Danach verlagerte sich das Gespräch mehr und mehr auf Hahnenkämpfe, die insbesondere José Gallo heftig verteidigte und als edlen Sport lobte. „Sehen Sie mal, diese Narbe hier, die habe ich vor vier Jahren bei einem Kampf gegen Rocky Gallinho davongetragen." Anerkennendes Gemurmel: „Rocky Gallinho!" Nur Karl Hahn, der sich dieser Runde als Letzter auch noch angeschlossen hatte, runzelte die Stirn und verglich verstohlen die Schenkelmuskeln der anderen Hähne mit den seinen. Als sich jedoch herausstellte, dass die Mehrheit der Anwesenden „De Bello Gallico" für ein Fitness-Magazin hielt, lächelte er wieder ebenso amüsiert wie beruhigt.

So verging noch manche Stunde, und nach Beendigung der Konferenz verfasste der Journalist Franz Xaver Hendl einen Artikel, in dem es hieß, die Konferenz sei ein voller Erfolg gewesen und habe der Weltöffentlichkeit wichtige Themen zu Bewusstsein gebracht. Im Pressebericht von Laszlo Tyùk war ergänzend zu lesen, man habe aufgrund der Kürze der Zeit nicht alle Themen erschöpfend behandeln können, so dass sie nun in Arbeitsgruppen weiter vertieft werden müssten. Michail Sergejewitsch Pjetuch schrieb, wer die Bedeutung dieser Konferenz zu spät erkenne, den bestrafe das Leben.

Unbestätigten Berichten zufolge soll eine der neutralen Beobachterinnen der Konferenz, Heidi Hühneli, diese Presseberichte mit den Worten kommentiert haben, da lachten ja die Hühner, was der Botschafter ihres Landes, Urs Chähnli, allerdings noch am selben Tage mit Entschiedenheit dementierte.

Sensationsfund im Misthaufen

Großer Fortschritt bei der Erforschung des rätselhaften Untergangs der frühen Hühner-Hochkultur

Seit langem haben die Wissenschaftler vieler Länder gerätselt, warum die frühe Hochkultur der Hühner vor Hunderten von Jahren offenbar ganz plötzlich ausgestorben ist. Nun bringen neue - und man darf sagen, sensationelle - Funde Licht ins Dunkel. Ein Bericht unserer Korrespondentin Heidi Hühneli, die exklusiv mit der Henne Nina Suppenhuhn sprechen konnte, die den sensationellen Fund im Misthaufen gemacht hat und auf Aufzeichnungen ihrer Urahnin Kassandra Suppenhuhn gestoßen ist.

Nina Suppenhuhn lebt auf einem idyllischen kleinen Hühnerhof unweit der Metropole Krähfurt, gar nicht weit von der Kreuzung zweier der größten Hühnerwanderwege. Dennoch winkt eine erstaunlich ländlich anmutende Idylle. Die blühenden Wiesen ringsum sind gesäumt von knorrigen Obstbäumen, überall summen Insekten und ringeln sich appetitlich aussehende Würmer. Über den blauen Himmel ziehen Kraniche, Albatrosse und sogar Störche. Es ist ein schöner, frühlingshafter Tag, und wir treffen uns am Rande eines klaren Bächleins namens Diebach. Nina Suppenhuhn erklärt uns, was es an neuen Erkenntnissen gibt.

"Es scheint, dass sich die frühen Hühner plötzlich nicht mehr von ihren Nestern bewegt haben", sagt Nina Suppenhuhn und streicht sich eine Feder aus der Stirn. "Der Grund dafür war wohl die Angst vor Füchsen."

Aber wie konnte es dazu kommen, dass sich die Hühner zu einer

Zeit, in der die Füchse noch lange nicht ausgestorben waren, so plötzlich davon beunruhigen ließen? Immerhin wurden damals jedes Jahr noch Tausende von Hühnern durch Füchse gerissen und verloren so ihre Gesundheit und nicht selten gar das Leben?

Dazu zeigt Nina Suppenhuhn mir die Aufzeichnungen, die sie im Misthaufen gefunden hat und die von ihrer Urahnin Kassandra Suppenhuhn stammen. Diese war eine Chronistin ihrer Zeit und scheint für ihren scharfen Schnabel gefürchtet gewesen zu sein. "Das haben wir jedenfalls gemeinsam", lacht Nina Suppenhuhn. "Außerdem war sie eine Hühnerheilkundige, genau wie ich, ausgebildet nach dem Hähnlichkeits-Prinzip."

Dann erklärt sie: "Ja, Füchse waren allgegenwärtig, und die Hühner hatten gelernt, mit dieser Bedrohung zu leben. Auch wenn die Opfer groß waren." Nina Suppenhuhn wischt sich eine Träne aus dem Auge. "Aber dann kam eine Füchsin namens Rosi. Sie hatte zahlreiche Junge, und diese Fuchssippe verbreitete sich mit ungeahnter Geschwindigkeit über die gesamte Welt. Rosis Sippe wurde den Hühnern aus zwei Gründen viel gefährlicher als die gewöhnlichen Füchse. Erstens waren sie so klein, dass die Hühner sie oft nicht rechtzeitig erkennen konnten. Vor allem ältere Hühner konnten so nicht mehr rechtzeitig fliehen. Und - schwupps, bissen die Füchse zu, und das kostete Tausende von Hühnern innerhalb kürzester Zeit das Leben. Zweitens erschien diese Fuchssippe auch jüngeren Hühnern gefährlicher als die gewöhnlichen Füchse, denn die normalen Füchse waren anders als Rosi namenlos..."

Ich frage weiter. Denn wenn auch viele Hühner von Rosis Sippe gerissen wurden - wie kam es dazu, dass die seit Jahrhunderten bestehende Hochkultur der Hühner, deren historische Spuren vor allem in Europa so zahlreich sind, offenbar binnen einer sehr kurzen Zeitspanne ausgerottet wurde?

Nina Suppenhuhn seufzt. Die im Misthaufen gefundenen Aufzeichnungen ihrer Urahnin seien naturgemäß zum Teil in nicht sehr gutem Zustand und daher sehr schwer zu entziffern gewesen, erläutert sie mir. "Doch es geht daraus hervor, dass die Hühner auf ihren Nestern zwar nicht verhungert sind. Aber sie gingen anscheinend nicht mehr ihrem Tagewerk nach. Sie gaben ihre Weisheit nicht mehr an ihre Küken weiter. Sie tauschten sich nicht mehr mit anderen Hühnern aus. Sie bewegten sich nicht mehr an der frischen Luft. Sie fraßen nur noch ein Futter aus abgelagertem Mehl mit Hefe. Sie unterdrückten die traditionelle Hühnerheilkunde. Sie banden sich sogar die Schnäbel zu in der Hoffnung, dass die Füchse sie so nicht würden hören können."

Mir bleibt vor Erstaunen der Schnabel offen stehen.

"Wir wissen doch alle", sagt Nina Suppenhuhn, "dass Hühner, die nicht an die frische Luft gehen, sich nicht bewegen und die kein abwechslungsreiches, gesundes Futter bekommen, anfällig für Krankheiten aller Art werden. Die letzten Hühner der damaligen Hochkultur sind am Ende nicht den Füchsen der Rosi-Sippe anheimgefallen, sondern sie sind an einer Vielzahl von Krankheiten erkrankt und am Ende an Schwäche und Degeneration ihrer Rasse gestorben. Es haben nur sehr, sehr wenige überlebt, und diese konnten das immense Wissen ihrer früheren Kultur natürlich nicht mehr lückenlos weitergeben."

Ich lasse mir die Aufzeichnungen Kassandra Suppenhuhns genauer zeigen. Ehrfürchtig berühre ich die Kratzspuren ihrer Krallen auf dem fleckigen Papier.

"Kassandra muss eine der letzten Überlebenden gewesen sein", erklärt Nina Suppenhuhn wehmütig. "Natürlich; als Hühner-Heilkundige versuchte sie weiterhin, ihre Gesundheit mit Hilfe ihres uralten Wissens zu erhalten. Tatsächlich scheint sie selbst erst hochbetagt eines natürlichen Todes gestorben zu sein. Doch die durch ihre neue Lebensweise geschwächten Hühner bekamen durch das Stillsitzen auf ihren Nestern immer weniger Küken. Und die wenigen Küken, die noch schlüpfen konnten, bekamen keine Unterweisung in den klassischen Überlebensstrategien mehr."

Die Erklärung klingt so einfach wie schlüssig. Bleibt nur zu hoffen, dass uns die Geschichte stets als Mahnung dienen möge!

"Ich glaube nicht, dass die heutigen Hühner noch einmal kollektiv so handeln würden", lacht Nina Suppenhuhn. Ich spreche sie auf die derzeit in der EGU grassierende gefährliche Parasitenplage an. Glaubt sie nicht, dass die Regierung der Europäischen Geflügel-Union, um diese einzudämmen, Maßnahmen verhängen könnte, die der selbst gewählten Isolation der frühen Hühner ähneln könnten? Ihr Gesicht wird ernst.

"Nun, erstens haben wir es mit einer modernen und aufgeklärten, federal organisierten Gesellschaft zu tun, die sich nicht ohne Weiteres durch zentrale Anweisungen wird ruhigstellen lassen. Zweitens betrifft die aktuelle Parasitenplage hauptsächlich Küken und sehr junge Hennen und nur wenige Hähne oder alte Hühner. Ich denke daher,

man wird die betroffenen Hühner anweisen, einen gefährlichen Parasitenbefall mit ausreichend Seife zu behandeln. Wenn das erledigt ist, können sie ihren täglichen Geschäften wieder ungehindert nachgehen. Die übrigen Hühner werden ihr Verhalten deshalb nicht ändern."

"Ich bedaure nur", fügt sie nach einer kurzen Pause hinzu, und es scheint, als ließe sie den Kamm ein wenig hängen, "dass die Hühnerheilkundigen, von denen es in unserer Gesellschaft viele gibt, die Parasitenplage nicht behandeln dürfen. Das dürfen nach derzeitiger Gesetzeslage nur Medizin-Hühner."

Hält sie es angesichts des derzeit grassierenden schweren Parasitenbefalls nicht für sinnvoll, dass dieser ausschließlich durch aufwändig ausgebildete Medizin-Hühner behandelt wird?

"Nun", sagt sie und richtet den Kamm zur vollen Größe auf, "es ist ja nicht so, dass die Hühnerheilkundigen keine sorgfältige Ausbildung hätten." Und sie beginnt ausführlich die Hühnerheilkunde zu erklären sowie das ihr zugrunde liegende Hähnlichkeitsprinzip, dessen Gültigkeit oft vehement bestritten, ja das so oft gar erbittert bekämpft wird.

Das hat uns so fasziniert, dass wir der Hühnerheilkunde in der nächsten Ausgabe einen großen Sonderteil widmen werden.

Bereichert um viele neue Erkenntnisse verlassen wir die idyllische Gegend und bedanken uns herzlich bei Nina Suppenhuhn, die uns zum Abschied grüßend mit dem Flügel winkt.

Dieser Artikel wird ergänzt durch den Hintergrundbericht auf Seite 16 dieser Ausgabe zum Leben der Hühner in der früheren Hochkultur.

Die Hochkultur der früheren Hühner

Ein authentischer Bericht anhand der ausgegrabenen Aufzeichnungen Kassandra Suppenhuhns, einer Chronistin der damaligen Zeit

In den Jahren der früheren Hochkultur der Hühner waren Hähne wie Hennen sehr aktiv. Die Hähne gingen rund um die Uhr ihrem Tagewerk nach. Die Hennen, die allesamt kurz nach dem Ausbrüten ihrer Eier wieder in den Betrieb eingestiegen waren, ebenso. Die Küken waren vom frühen Morgen bis zum Abend entweder bei ihren Tagesglucken, in den Kütas oder in der Schule und danach im Kükenhort. Die Glucken sorgten sich stets, ob ihre Küken auch die besten Startchancen hätten und fütterten die Küken des Abends zusätzlich zu den Abendkörnern noch mit Vitaminen. Die Hähne erkundigten sich spät abends, in welchen fremden Sprachen die Küken schon gackern oder krähen konnten und gingen zufrieden zu Bett, nicht ohne zuvor die Nachrichten aus aller Welt überprüft zu haben, die sie mit Hilfe kleiner Geräte empfangen konnten, die sie stets bei sich trugen. Natürlich hatten auch alle Hennen solche kleinen Geräte, und die meisten besorgten Eltern statteten auch ihre Küken damit aus, damit diese in der zunehmend unübersichtlichen Welt nicht verloren gingen. Alle waren stets besorgt, das neueste Modell dieser Geräte zu besitzen und es nicht zu verlieren. Mit Hilfe dieser Geräte konnten sich die Hühner untereinander auch kurze Nachrichten und kleine Aufmerksamkeiten schicken, und so blieben sie miteinander in stetem Kontakt und versicherten sich pausenlos ihrer gegenseitigen Freundschaft und Wertschätzung.

Die Hühner der nördlichen Länder reisten mehrmals pro Jahr gen Süden, um sich von den Strapazen ihres Alltags zu erholen. Natürlich gingen sie nicht zu Fuß dorthin, und sie flogen auch nicht selbst, sondern sie buchten einen Platz beim Kranichschwarm oder - etwas günstiger - bei den Albatrossen, die sie zum gewünschten Ziel in der Welt trugen. Dort hätten sie die Hühner anderer Länder, ihr Essen und ihre Sitten kennen lernen können, hätten sie es nicht vorgezogen, unter sich und aus gesundheitlichen Gründen stets bei den gewohnten Körnern zu bleiben. War ja schließlich auch allinkornsive und bereits bezahlt. Ihre Küken liebten diese Ausflüge, bekamen sie doch am Ziel aufregende Abenteuer durch die lokalen Hühner geboten, die sich um sie kümmerten, während ihre Eltern, ermattet von der südlichen Hitze, rund um ein Wasserloch lagen.

Die Hühner der nördlichen Länder murrten jedoch ein wenig, wenn die Hühner der südlichen Länder sich auch einmal den Norden ansehen wollten - vor allem dann, wenn die Süd-Hühner, einmal angekommen, gern im Norden bleiben wollten, wo sie des milderen Klimas wegen bessere Chancen für ihren Nachwuchs sahen. Viele der südlichen Hühner schafften es jedoch gar nicht bis in den Norden, weil sie nicht gut genug fliegen konnten und schwimmen schon gar nicht. Oder sie wurden auf halbem Wege aufgehalten und mussten lange Monate in riesigen Hühnerfarmen unter beengten Bedingungen verbringen, ehe sie manchmal weiterreisen durften. Wie die nördlichen Hühner blieben aber auch sie im übrigen in der neuen Umgebung lieber unter sich und bei ihren Gewohnheiten.

Falls sie im Norden bleiben konnten, arbeiteten viele der südlichen Hähne über kurz oder lang bei Firmen wie Hahnahuhn oder Deutsche Hühner-Logistik, welche die nördlichen Hühner gern nutzten, um sich die lebensnotwendigen Dinge kommen zu lassen, da sie nach dem Job keine Zeit mehr hatten, um selbst einkaufen zu gehen.

Manche Hühner beschlossen, keine Würmer mehr zu fressen und sich nicht einmal mehr ihre eigenen Parasiten aus dem Gefieder zu picken, sich also veghennarisch zu ernähren. Andere gingen noch einen Schritt weiter und verboten selbst ihren Küken, auch nur Eierschalen zu fressen. Diese Ernährungsweise nannte man veghahn. Die ungesündeste war sie dennoch nicht: Andere Hühner hatten aufgrund ihres hektischen Lebens nicht einmal mehr die Zeit, ihre Mahlzeiten selbst zuzubereiten, sondern verließen sich ganz auf den Caterer ihres Bauernhofs, obwohl sie hätten wissen können, dass es schwarze Schafe gab, die Hühnerfutter panschten und Bestandteile hinein mischten, die niemals für den Verzehr durch Geflügel hätten bestimmt sein dürfen. Die meisten Hühner hatten es jedoch leider verlernt aus frischen Körnern selbst gesunde Mahlzeiten herzustellen.

Sie hätten dafür ja auch keine Zeit gehabt. Zum Glück gab es fertige Futtermischungen abgepackt in Supermärkten wie Krähgut oder Kralldi zu kaufen. Von Krähwe konnte man sich sogar beliefern lassen. Viele Hühner klagten jedoch darüber, dass es vor Ort kaum noch kleine Läden gebe, bei denen man gemütlich einkaufen könne oder wo man beraten werde.

Für die Gesundheit der Hühner wurde gut gesorgt. Jedes Küken wurde direkt nach dem Schlüpfen in diverse Desinfektionsmittel getaucht, und diese Prozedur wurde regelmäßig wiederholt. Man diskutierte sogar, ob nicht bereits die Eier nach dem Legen sofort in Desinfektionslösungen getaucht werden sollten. Auch die erwachsenen Hühner bekamen regelmäßig sterile Lösungen zu trinken. Vor allem ältere Hühner wurden angehalten, sich regelmäßig der Desinfektion zu unterziehen. Das Roter-Kamm-Institut unter der Leitung des Obersten Tierarztes beriet die Regierung der Europäischen Hühner-Union in allen Gesundheitsfragen. Die meisten

Hühner folgten diesen Empfehlungen. *[1]

In der Tat erreichten die Hühner der nördlichen Länder oft ein hohes bis sehr hohes Alter, so dass sie bis ins Greisenalter weiterhin vor allem die südlichen Länder bereisen konnten, wo sie ihre Weisheit stets gerne allen zugute kommen ließen.

Die Hühner hielten sich gerne fit und hielten ihre Küken zu regelmäßiger Bewegung an. Vor allem die Hähne und die männlichen Küken, aber auch nicht wenige Hühner liebten Krallenball, das vor allem die jüngeren ausdauernd spielten und die älteren gern im Fernsehen verfolgten. Es gab jedoch auch andere Möglichkeiten, sich sportlich zu betätigen, und nicht wenige Hühner suchten regelmäßig Schenkelstudios auf, wo man jeden Muskel unter Anleitung von gut ausgebildeten Trainern bewegen konnte, ohne sich dabei in die gefährliche Außenwelt begeben zu müssen.

Die meisten Hühner verfolgten das aktuelle Tagesgeschehen. Im Internest gab es In-Stall-Storys über verschiedene Themen wie Ernährung, Federnstyling, über die Eröffnung neuer In-Places wie Krallen-Studios, Schenkelbuilding und so weiter. Manchmal wurde auch über die Freiheit der Hühner und ihre Selbstbestimmung in der Europäischen Geflügel-Union oder weltweit berichtet. Aber es gab auch spannende neue Serien wie z.B. "Die jungen Tierärzte".

Wenn niemand so ganz genau wusste, wie die verschiedenen Bauern hießen, so lag das vermutlich an deren schlechter Medienpräsenz.

Die Unterdrückung der Pressefreiheit wurde noch in den fernsten Ländern geächtet.

1* Einige Hühner verließen sich indessen mehr auf die gansheitliche Medizin, worüber die meisten Hühner jedoch die Nase rümpften und behaupteten, diese Methoden entbehrten jeden wissenschaftlichen Nachweises, obwohl die dessen kundigen Hühner bei der Behandlung mancher Krankheiten erfolgreicher waren als die klassischen Medizin-Hühner. Die gansheitliche Medizin durfte bei manchen Krankheiten nicht angewendet werden. Vor allem die sehr erfolgreiche Methode eines längst verstorbenen Hahns namens Samuel wurde nach Kräften unterdrückt.

Werte wie Independenz, Liberalität und Freiheit des Einzelnen wurden hochgehalten.

Bildung galt als ein wertvolles Gut, das man allen Küken unbedingt angedeihen lassen wollte. Alle Hühner wollten, dass ihre Küken später einmal einen guten Beruf haben sollten, in dem sie viel Geld verdienen konnten. Daher schickten sie sie am liebsten auf ein Kükenasium zur Ausbildung und nicht auf die allgemein Hühnerhofschule.

Die Küken hatten allerdings damit begonnen, unter ihrer Anführerin Greta Kyckling regelmäßig die Schule zu schwänzen, um darauf aufmerksam zu machen, dass die Hühner mehr auf ihre Umwelt achten sollten. Manche älteren Hühner waren darauf aufmerksam geworden und fanden, dass die Chicken Wings, wie man die Jugendlichen auch nannte, Recht hatten. Andere scherten sich jedoch wenig darum und fanden, dass die Küken besser erst einmal etwas lernen sollten, bevor sie die Schnäbel zu weit aufrissen.

Es gab eine kotokratisch legitimierte Regierung (griech.: kotópoulo = Huhn, griech.: kratein = herrschen; also eine Regierungsform, bei der alle Macht von den Hühnern ausgeht) - anders als in manchen fernen Ländern, wo die bedauernswerten Hühner unter Picktaturen leben mussten; einem System, welches allgemein geächtet wurde. Es wurde regelmäßig gewählt, und die EGU war federal organisiert, da man vor vielen Jahren mit einer zentralen Regierung sehr schlechte Erfahrungen gemacht hatte. Die Regierung der Europäischen Geflügel-Union unter dem Oberhuhn Angelika Glucke fand mal mehr, mal weniger Zustimmung.

Falls tatsächlich einmal etwas schief lief, faltete Angelika Glucke bedächtig die längsten Federn ihrer Flügel vor ihrem Bauch zu einem Parallelogramm und sagte nach einiger Überlegung: "Wir schaffen das ab." Und dann waren alle Hühner sofort wieder beruhigt.

Das einzige erhaltene Porträt des Oberhuhns Angelika Glucke.

geflüchteten Hühner aus den fernen Ländern, die in großer Zahl in die Europäische Geflügel-Union kommen wollten. Oder die lästigen regelmäßigen Demonstrationen der Chicken Wings auf der ganzen Welt oder der Gelbfedern in Frankreich oder andere Störfaktoren - eigentlich ging es allen recht gut, und es hätte nach Meinung der meisten Hühner gerne einfach so weitergehen können.

Doch dann kamen die ersten beunruhigenden Nachrichten über die Füchse der Rosi-Sippe...

Ja, die Hühner hatten ein wirklich gutes Leben, und wenn es auch immer wieder mal unschöne Ereignisse gab wie Aufstände gegen die in fernen Ländern regierenden Bauern, bei denen viele Hühner ums Leben kamen. Oder die

Lesen Sie dazu auch unser ausführliches Interview auf Seite 12 dieser Ausgabe mit Nina Suppenhuhn, der Henne, die den sensationellen Fund gemacht hat: Die Aufzeichnungen der Kassandra Suppenhuhn, einem authentischen Dokument vom Leben und Sterben der Hühner bis zum Niedergang ihrer damaligen Hochkultur.

PICKA-Test 2019

Ergebnisse der Küken in den EGU-Mitgliedsländern schockieren Experten

Die Ergebnisse des ersten PICKA-Tests vor fast zwanzig Jahren hatten die Bildungsexperten sämtlicher Mitgliedsstaaten der Europäischen Geflügel-Union unvorbereitet getroffen. Am PICKA-Test (Programme for International Chicken Knowledge Assessment) nehmen jedes Jahr Tausende Küken aller Staaten weltweit teil. Ein Bericht von Nina Suppenhuhn.

Hatte man vor dem ersten PICKA-Test noch selbstverständlich erwartet, die Küken der EGU-Länder in der Spitzengruppe zu finden, so wurde man bitter enttäuscht. Bei einem Treffen von Bildungsexperten und Mitgliedern der Regierung der EGU am vergangenen Wochenende wurden die diesjährigen Ergebnisse der Küken der Europäischen Geflügel-Union im mathematischen Teil des Tests, PICKA-M, vorgestellt.

Zunächst einmal sei festzuhalten, sagte Karl Hahn, der Vorsitzende der OWEH (Organisation für Wirtschaft und Entwicklung der Hühner), dass sich die Ergebnisse der Küken in den Mitgliedsländern der EGU gegenüber dem letzten Jahr nicht, wie erwartet, signifikant verbessert hätten. Leider sei sogar das Gegenteil der Fall. Die Gründe dafür müssten diskutiert werden.

Zunächst gab Karl Hahn zu Beginn der Konferenz einen groben Überblick über die Aufgabenstellungen. Außer mathematischen Aufgaben beinhaltete der Test in diesem Jahr auch einen praktischen Teil.

Anhand der zwar betrüblichen Ergebnisse des Jahres 2000 konnte man, wie Hahn weiter ausführte, noch davon ausgehen, dass die

Küken mit Mengen und Maßen einigermaßen vertraut waren. Jedoch beherrschten viele Küken mittlerweile offenkundig nicht mehr ausreichend alle Grundrechenarten. Vor allem beim Dividieren zeigten sich gravierende Lücken. Astrid Hönas Zwischenruf, dies könne darin begründet liegen, dass viele der erwachsenen Hühner ihren Küken das Teilen in allen Belangen des sozialen Miteinanders nicht mehr vorlebten, führte zu einigem Aufruhr im Plenum. Ein Zusammenhang mit den mathematischen Leistungen der Küken wurde von der Mehrheit jedoch kategorisch verworfen.

Die Prozentrechnung, besonders in Kombination mit Textaufgaben, stellte viele Küken vor große Herausforderungen. Die Lösung einer Textaufgabe etwa, bei der zwei Prozent einer gegebenen Anzahl von Hühnern in einen anderen Stall verbracht werden sollten, erwies sich für viele als außerordentlich schwierig, und die errechneten Anzahlen lagen nicht selten beim vierzig- bis fünfzigfa-chen des richtigen Ergebnisses. Des Weiteren hatten die Küken offensichtliche Schwierigkeiten im Umgang mit Längenmaßen. Wurden sie zum Beispiel gebeten, sich im Abstand von anderthalb Metern in einer Reihe aufzustellen, blieb keines weniger als fünf Meter vom nächsten entfernt. Man erwäge nun Reihenuntersuchungen der Augen der Küken.

Einen Zusammenhang der schlechten Leistungen in Mathematik mit zu großen Lerngruppen könne man nicht erkennen, sagte die Bildungsministerin der EGU, Anna Schwan. Bei der großzügigen Relation von sechs Küken pro Quadratmeter - in den privaten Demeter-Schulen sogar von rechnerisch nur viereinhalb - sei nicht davon auszugehen, dass dies bei Stallgrößen von tausend Quadratmetern ins Gewicht falle.

Ratlosigkeit auch angesichts des Vergleichs der Leistungen der Küken innerhalb der EGU. Dem vorschnellen Rückschluss, das bessere Abschneiden nordeuropäischer Küken hänge mit der intensiveren Lichtausbeute während des Polarsommers zusammen, erteilte der Gesundheitsminister Jannik Hahn unter Verweis auf den dort sehr langen und dunklen Winter eine Absage. Dort sei es winters sogar so dunkel, dass die Lerngruppen generell von zwei Lehrkräften statt von nur einer beaufsichtigt werden müssten.

Die von Emma Huhn postulierte These, dass die Küken in von Hennen regierten Ländern besser abschnitten, führte zu tumultartigen Szenen, die erst durch das entschiedene Eingreifen des Oberhuhns Ulla von Federlein beendet werden konnten.

Als weitere mögliche Ursachen für die schlechten Mathematik-Kenntnisse der Küken wurde unter anderem der vermehrte Ausfall von Schulstunden ins Feld geführt, der zum einen darin begründet sei, dass zu wenige junge Hennen und Hähne den Lehrerberuf ergreifen wollten und zum anderen an geänderten Verordnungen der Bauern, die es nicht mehr allen Küken ermöglichten, gleichzeitig vom Unterricht zu profitieren. „Für die Bildung unserer Küken darf uns nichts zu teuer sein", rief Karl Hahn vom Podium und erntete dafür weithin Zustimmung. Der Finanzminister Tobias Geldhahn versprach unter dem Beifall der Anwesenden großzügige Finanzspritzen, um dem Unterricht wieder aufzuhelfen. Allerdings konnte keine Einigkeit darüber erzielt werden, ob für die Gelder neue Lernmaterialien beschafft, mehr Lehrer ausgebildet oder die räumlichen Gegebenheiten verbessert werden sollten. Daher wurde eine Arbeitsgruppe unter der Leitung von Astrid Höna gebildet, die schnellstmöglich ein Konzept erarbeiten sollte. Man einigte sich schließlich auf einen hierfür realistischen Zeitrahmen von sieben Jahren sowie weitere fünf Jahre für die Umsetzung der erarbeiteten Ergebnisse.

Ein Teilnehmer der Konferenz, der seinen Namen jedoch nicht in der Zeitung lesen wollte, sagte anschließend hinter vorgehaltenem Flügel, es sei kein Wunder, dass die Küken nichts mehr lernten, seit sie dieser Greta Kyckling hinterherlie-fen und permanent die Schule schwänzten. Darauf angesprochen, dass er selbst noch vor wenigen Monaten gesagt habe, die Aktionen Greta Kycklings seien selbstlos, mutig und ein leuchtendes Beispiel für alle Hühner weltweit, nahm er Zuflucht zu Konrad Auerhahns berühmtem Zitat „Was schert mich mein Gegacker von gestern" und ging seiner Wege.

Une Cour à SOI

Aus für Schnabeltücher

Ab Montag gilt in allen Staaten der EGU ein Verbot, Schnabeltücher in der Öffentlichkeit zu tragen

Seit vielen Jahren erfreuen sich Schnabeltücher in der Hühnerwelt großer Beliebtheit. Das Tragen des beliebten modisch-bunten Accessoires in der Öffentlichkeit wird jedoch ab dem nächsten Montag EGU-weit verboten sein. Wir sprachen mit Experten über das Pro und Kontra der Maßnahme. Ein Bericht von Nina Suppenhuhn.

Rechtliche Gründe führt Horst-Heiko Absperrhahn an und bezeichnet das Trageverbot von Schnabeltüchern in der Öffentlichkeit als dringend notwendig und längst überfällig. Der oberste Ordnungshüter der EGU weist darauf hin, dass immer wieder Straftaten durch vermummte Hühner begangen worden seien. Dies betreffe meist Eigentumsdelikte oder Verletzungen der Hackordnung mit blutigen Folgen. Es habe in den vergangenen Jahren jedoch auch fürchterliche Anschläge durch Hühner gegeben, die bei ihren Taten Schnabeltücher getragen und damit versucht hätten, sich der Erkennung und der damit verbundenen strafrechtlichen Konsequenzen zu entziehen. „Dass das Tragen von Schnabelbedeckungen dem Terrorismus zum Vorteil gereicht, ist unerträglich, und das können und dürfen wir in einem freiheitlichen Hühnerwesen nicht hinnehmen", so Horst-Heiko Absperrhahn. „Ein Verbot ist alternativlos."

Emma Huhn verweist darauf, dass man viele Jahre lang Seite an Seite mit den unterdrückten Hennen mancher südlichen Länder für deren Recht gekämpft habe, ihre Gesichter nicht unter Ganzkopfhauben verbergen zu müssen.

„Schnabeltücher als modisch zu propagieren, ist da irgendwie ein Schritt in die unheimlich falsche Richtung."

Karl Hahn, langjähriger Vorsitzender der OWEH (Internationale Organisation für Wirtschaft und Entwicklung der Hühner), begrüßt das Verbot, hätten sich doch die Verhaltensstörungen bei Küken in den letzten Jahren vervielfacht und würden von Experten nicht zuletzt auf das Tragen von Schnabeltüchern zurückgeführt: „Die Küken können weder die Schnabelbewegungen ihrer Eltern oder Lehrer erkennen, noch deren Mimik. Man muss sich nicht wundern, wenn die Küken den durch die Schnabeltücher stark gedämpften Lauten keinerlei Aufforderungscharakter mehr beimessen!"

In dieselbe Richtung geht die Kritik von Astrid Höna, die auf die zunehmenden Sprachstörungen bei den Küken verweist. „Die Küken hören nur noch undeutliches Gegacker oder Krähen. Küken lernen jedoch überwiegend durch positive Vorbilder und durch Nachahmung." Viele Pädagogen kritisierten ohnehin schon seit langem, dass die Hühner sich nicht mehr ausreichend Zeit nähmen, um mit ihren Küken zu reden.

„Si, si, für die Bambini ist es besser ohne", sagt auch Marco Pollo auf Anfrage, „außerdem brauchen sie gutes Futter, und das den ganzen Tag und nicht nur dann, wenn sie für einige Minuten die Schnabeltücher abnehmen dürfen."

Schnabeltücher verdeckten einen Teil des Gesichtsfeldes, so Sylvie Poulet. Dies führe oftmals zu Unfällen mit schweren Folgen, erklärt sie. Außerdem könne man ein Schnabeltuch kaum abnehmen, ohne der Öffentlichkeit einen verschwitzten Schnabel und ein komplett ruiniertes Federkleid zu präsentieren - eine Situation, der sich wohl kaum eine Henne aussetzen wolle.

Alphonse LeCoq ergänzt, dass vor allem die Hähne festgestellt hätten, dass es durch das Tragen eines Schnabeltuchs mitnichten eine Stunde länger dunkel sei als ohne, so dass man nicht länger schlafen oder prokrastinieren könne. Ergo bedeute die Abschaffung der Schnabeltücher kein großes Opfer und sei längst überfällig gewesen.

Die Ärztin Anna Nikolaevna Kuriza argumentiert natürlich mit gesundheitlichen Aspekten. Unter den Schnabeltüchern herrsche, zumal wenn sie nicht häufig genug gewechselt würden, ein feuchtwarmes Klima, das Krankheiten des Schnabels begünstige.

„Nichts Lebensbedrohliches", sagt sie. „Aber der Juckreiz und die unappetitlich blasse Farbe, die der Kamm dadurch annehmen kann, sind sehr unangenehm und überdies stigmatisierend für das betroffene Huhn, gilt als Ursache doch mangelnde Hygiene."

Ihre Kollegin Marina Gallinha verweist auch auf die häufigen Ohnmachten als Folge von zu geringer Sauerstoffsättigung nach stundenlangem Tragen von Schnabeltüchern.

„Oder nehmen Sie den Schnabelspliss, unter dem nicht wenige Hennen leiden", ergänzt Heidi Hühneli. „Er ist zwar kein Symptom für eine schwere Krankheit, wird aber durch die betroffenen Hennen doch als entstellend und damit oftmals sehr belastend wahrgenommen".

Es gibt jedoch nicht nur positive Stimmen, was das Verbot angeht. Der Verband der Schnabelstudios etwa stellt sich darauf ein, dass schon bald weniger Schnabelmodellagen aufgrund von Schnabelspliss nachgefragt werden. Dies bedrohe Arbeitsplätze. Man prüfe derzeit, ob man in Zukunft häufiger modische Schnabelverzierungen oder dauerhaftes Einfärben des Schnabels anbieten könne.

Auch die Hersteller von Schnabeltüchern werden ihre Produktion auf andere Artikel umstellen müssen, denn der Umsatz wird zwangsläufig zurückgehen, wenn Schnabeltücher nur noch im privaten Raum getragen werden dürfen.

Selbst soziale Einrichtungen sehen sich vom Verbot betroffen. „So viele ältere Glucken haben bei unseren wöchentlichen Treffen in liebevoller Handarbeit Schnabeltücher angefertigt", seufzt Agnieszka Kwoka, Leiterin etlicher solcher Kreise. „Die Glucken hatten damit eine nützliche Tätigkeit und blieben in Kontakt mit jüngeren Hühnern. Das wird jetzt wohl entfallen."

Doch wie kam es eigentlich dazu, dass heutzutage so gut wie alle Hühner nur noch mit Schnabeltüchern aus dem Stall gehen? Die Ältesten unter uns werden sich noch erinnern, dass das Tragen jeglicher Kopf- oder Schnabelbedeckungen vor Jahrzehnten vollkommen verpönt war und als altmodisch und überkommen galt. Dies gipfelte gar in dem scherzhaften Spruch „Wer zweimal nur den Schnabel hält, ganz schnell dem Beil zum Opfer fällt".

Nach wochenlanger akribischer Suche in historischen Archiven haben Forscher nun einen alten Erlass zutage gefördert, demzufolge vor etlichen Jahrzehnten für einen Zeitraum von etwa zwei Wochen Schnabeltücher empfohlen worden waren, um die Nasenlöcher vor dem Eindringen von Fruchtfliegen zu schützen, die in jenem Jahr besonders zahlreich aufgetreten waren. Als während dieser Zeit ein damals sehr erfolgreicher Sänger namens ‚Generation Me' einmal mit einem bunten Schnabeltuch aufgetreten war und damit über Nacht eine Nachahmungswelle bis dato ungekannten Ausmaßes ausgelöst hatte, waren Schnabeltücher zum modischen Accessoire geworden, das kein Huhn mehr missen wollte. Da sie praktisch jeder trug, geriet in Vergessenheit, dass es dafür nach dem Abflauen der damaligen Fruchtfliegenplage eigentlich keinen Grund mehr gab. Die Nachfrage war immens, und Schnabeltücher wurden gerne auch aus langen Gräsern oder bunten Blütenblättern selbst angefertigt. So entstand binnen weniger Jahre eine eigene lukrative Industrie für Schnabeltücher - und damit leider auch für die mit deren ständigem Tragen einhergehenden Probleme.

Ab dem kommenden Montag wird das Tragen von Schnabeltüchern in der EGU auf den privaten Bereich beschränkt sein. Angesichts der damit verbundenen Probleme und Risiken völlig zu Recht, meint die Redaktion von **Une Cour à Soi**

Silberfederchen - Release des neuen Modells 7.0 kommt!

GoChaCok präsentiert am diesjährigen Mai-Feiertag endlich das lange und mit Spannung erwartete Silberfederchen 7.0. Das nützliche kleine Gerät, das in den letzten beiden Jahren einen beispiellosen Siegeszug hinter sich hat, vereint in sich alle Funktionen - Einkaufen, Unterhaltung, Information, Gesundheit und Kommunikation - die die modernen Hühner unserer Gesellschaft benötigen. Ein Bericht von Franz-Xaver Hendl.

GoChaCok teilt mit, dass die neue Generation des Silberfederchens aus zwei Teilen bestehen und - revolutionär - in verschiedenen Farben erhältlich sein wird und nicht mehr nur im namensgebenden Silber. Der Markenname „Silberfederchen" sei jedoch so gut eingeführt und allen Hühnern vertraut, dass man diesen natürlich beibehalten werde.

Neu ist, dass die Sendeeinheit fest im Kopfbereich verankert wird, zum Beispiel über ein schickes Piercing quer durch den Kamm oder - wer es etwas unauffälliger mag - als Implantat in Gefiederfarbe. In jedem Fall ist der früher häufig zu beklagende Verlust der so wichtigen Sendeeinheit des Gerätes damit ausgeschlossen. Der zweite Teil des Geräts, der Krallscreen, wird mit einem Ring am Lauf befestigt und kann somit ebenfalls nicht mehr verloren gehen. Damit wurde eine wichtige Forderung vieler Nutzer erfüllt.

Ebenfalls neu ist, dass die Bedienung intuitiv über eine Sprachsteuerung erfolgt und in der neuen Version praktisch ohne Einsatz der Krallen möglich ist.

Doch lassen Sie uns zunächst kurz die Erfolgsgeschichte des Silberfederchens rekapitulieren: Es war vor knapp zwei Jahren, als sich drei Hähne trafen, die mehr einte als eine gemeinsame Vision - sie wollten zur ruhmvollen Vergangenheit der Hühner aufzuschließen, wie sie aus den wiederentdeckten Aufzeichnungen der Kassandra Suppenhuhn einem breiten Publikum bekannt geworden waren. Vor allem die Informationen über die „kleinen Geräte", die alle Hähne und Hennen zur Zeit der alten Hochkultur der Hühner stets bei sich getragen haben sollen, erweckten ihr Interesse. Sie forschten und arbeiteten rastlos an der Lösung, wie sie ein solch nützliches Gerät der modernen Hühnerschaft zur Verfügung stellen könnten, bis ihnen vor etwa einem Jahr der Durchbruch gelang. Sie gründeten GoChaCok und brachten seither alle paar Wochen eine neue, verbesserte Version auf den Markt, die von den dankbaren Hühnern jeweils euphorisch begrüßt wurde. Kaum ein Huhn, das das Silberfederchen noch nicht kennt und keines, das auf seine Nutzung würde verzichten wollen.

Wilhelm Gockel, Marcoq Chaptal und Stephen Cockalorum erinnern sich: „Wir trafen Nina Suppenhuhn an Rande einer Messe in Krähfurt, wo sie uns an den phantastischen Aufzeichnungen ihrer Urahnin Kassandra teilhaben ließ. Von da an ließ uns der Gedanke an die kleinen Geräte nicht mehr los." Noch sehr jung und ohne große Mittel, stürzten sich die drei in die Entwicklung. „Angesichts der Entwicklungskosten dachten wir, wir seien für immer ruiniert", lacht Stephen Cockalorum. „Wir glaubten, wir könnten bestenfalls zwei, drei Geräte verkaufen", ergänzt Wilhelm Gockel. Und Marcoq Chaptal sagt bescheiden: „Doch mit der Wiederentdeckung des Internestes kam der Durchbruch." Die erste Generation des Silberfederchens war binnen weniger Tage ausverkauft. Auf Basis der Rückmeldungen der ersten Nutzer wurden stetig Verbesserungen vorgenommen. „Wir dürfen mit Stolz sagen, dass das 7.0 das beste Silberfederchen ist, das es je gab", kräht Marcoq Chaptal.

Natürlich wollten wir das Silberfederchen 7.0 sofort ausprobieren und ließen uns eines der Vorführgeräte geben, natürlich in der silbernen Version. Das Piercen ging problemlos vonstatten; nur ein kleiner Pieks. Der Krallscreen ähnelt im Tragekomfort einer handelsüblichen Beringung. Einmal kurz zur Bestätigung krähen oder gackern, fertig. Einen An-Aus-Knopf sucht man vergebens. „Überflüssig!", lacht Marcoq Chaptal. „Wenn sie es erst einmal benutzt haben, wollen Sie es sowieso nie mehr ausschalten." Dann erklärt er die Sprachsteuerung. Das Silberfederchen muss anfangs ein wenig auf die Laute seines Nutzers trainiert werden, lernt jedoch sehr schnell, diesen stets ohne den geringsten Zweifel zu verstehen. Schon nach wenigen Minuten waren wir imstande, neues Futter zu ordern, Gesundheitswerte wie Pulsschlag oder Blutwerte zu messen und zu speichern oder einen Gefiedercheck, etwa auf Schmutz und Parasiten, durchführen zu lassen. Einmal eingerichtet, übermittelt das Silberfederchen sämtliche Gesundheitswerte in Echtzeit an eine Zentraleinheit beim ‚Roten Kamm'. Dort werden sie abgeglichen, und das Huhn erhält persönliche Empfehlungen zu allerlei Gesundheitsmaßnahmen sowie Ernährungstipps. Der Oberste Tierarzt begrüße dies sehr, so Wilhelm Gockel, behalte er so doch noch besser den Gesundheitszustand der ihm anvertrauten Hühner im Blick.

Die Bereiche Einkaufen, Unterhaltung und Kommunikation, die bei den Nutzern allergrößte Priorität genießen, wurden kaum verändert, waren sie doch bereits sehr ausgereift, verrät Stephen Cockalorum. Dann zeigt er uns eine der aufregendsten Neuerungen des neuen Silberfederchens. „Sie sehen jederzeit auf Ihrem Krallscreen, wo sich Ihre Freunde aufhalten und in welche Richtung sie sich bewegen. Noch nie war es einfacher sich zu begegnen! Oder... -" Er lacht gackernd und beugt sich vertraulich vor, „eben auch mal nicht, falls es sich um ein Huhn handelt, das Sie gerade nicht unbedingt treffen möchten." Er richtet sich wieder auf, und seine Miene wird ernst. „Natürlich hat das auch Sicherheitsaspekte. Sie können so zum Beispiel ganz leicht ein verirrtes Küken wieder finden. Oder - nur ein nützliches Feature von vielen - Sie können das Silberfederchen so einstellen, dass Sie eine dezente optische oder akustische Warnung erhalten, sobald sich Ihnen ein Huhn nähert, das Parasiten hat, wo Sie vielleicht gerade Ihr Desinfektionsbad hinter sich haben. Oder Sie lassen sich die Wettervorhersage anzeigen. Oder die Sonderangebote der Futterhandlungen auf Ihrem Weg. Ihr Händler weiß, wann Ihre Futtermittelvorräte knapp werden und liefert Ihren Nachschub zum exakt richtigen Zeitpunkt. Sie wissen im Voraus, wo sich große Ansammlungen von Hühnern befinden, die Ihren Weg blockieren. Sie können sich einen anderen Weg weisen lassen. Oder falls Ihnen Missstände auffallen, können Sie diese zum Wohle der Gemeinschaft sofort an die Behörden melden."

Und dies sind nur einige der beeindruckend vielen Möglichkeiten, die das Silberfederchen 7.0 bietet.

Hühner, die bereits ein älteres Modell des Silberfederchens besitzen, sollen dieses ab dem 5. Mai zu einem geringen Aufpreis gegen ein Silberfederchen 7.0 eintauschen können. Darüber hinaus soll das Silberfederchen 7.0. allen Hühnern, die bislang keines besaßen und jetzt vorbestellen, zu einem vergünstigten Preis zur Verfügung stehen. Der exakte Preis wurde noch nicht genannt, dürfte aber für die Version in Silber, die das gut sichtbar eingeprägte Logo des Unternehmens trägt, die Eierschale mit dem gezacktem Rand, leicht höher liegen als für die etwas kleineren Implantate in Federfarbe. Da der Preis für das Silberfederchen 5.0 zuletzt bei 1964,00 und für das 6.0 bei 1974,00 lag, munkeln Kenner der Szene hinter vorgehaltenem Flügel, dass der Preis dieses Mal wohl bei 1984,00 liegen könnte.

Den wenigen Kritikern, die den Gründen von GoChaCok vorhalten, dass dies vollkommen überteuert sei und sie sich schamlos bereichern wollten, begegnen sie gelassen.

„Wir haben uns soeben", sagt Wilhelm Gockel mit einer lässigen Geste seines Flügels und wedelt unter dem tosenden Applaus der Anwesenden mit einem von drei gut sichtbaren Krallenabdrücken noch feuchten Scheck, „von gut fünfzig Prozent unseres Vermögens getrennt, und es an ‚Roter Kamm International' gespendet." „Zum Wohle der gesamten Hühnerschaft", ergänzt Marcoq Chaptal mit scharfem Blick. „Und jetzt kommen Sie!"

Angst, Schutz und Mut

Bonifatius Gallus nimmt anlässlich des Jahrestages der Hühnerrechtsdeklaration Stellung zu wesentlichen Fragen unserer Zeit

Bonifatius Gallus, das geistliche Oberhaupt der Hühner, hielt zum Jahrestag der Verkündung der Hühnerrechtskonvention eine viel beachtete Rede, die wir hier in Auszügen wiedergeben. Auch einige Reaktionen darauf wollen wir unseren Lesern nicht vorenthalten. Ein Bericht von Karl Hahn.

Bonifatius Gallus gratulierte allen Hühnern zum Jahrestag der Deklaration der Allgemeinen Hühnerrechte vor fünfzig Jahren, die immer ein Meilenstein in der Geschichte der Hühner bleiben werden. Die Hühnerrechte beinhalten Forderungen, die uns Hühnern der EGU heute selbstverständlich vorkommen mögen wie zum Beispiel das unveräußerliche Recht auf ein hühnerwürdiges Leben sowie körperliche Unversehrtheit, das Recht auf Schutz vor Versklavung und Folter, um nur einige zu nennen. Ferner das Recht auf Freiheit, Gleichheit und Brüderlichkeit, wie sie seinerzeit zuerst in Frankreich durch die Sans-Plumets postuliert worden waren (Liberté, Égalité, Kikeriké). Nicht zuletzt natürlich auch das Wahlrecht und das Recht auf Bildung."

„Vergessen wir jedoch nicht, dass viele Millionen Hühner auf der Welt diese Rechte bis heute nicht genießen können. Verschließen wir nicht die Augen davor, dass viele unserer Mithühner noch immer unter traurigsten Bedingungen auf beengtem Raum unter Picktaturen und in Unfreiheit leben müssen, zu harter Arbeit gezwungen und dabei ständig mit dem Tode bedroht werden. Lassen Sie uns niemals vergessen, dass es auch heute noch Hühner gibt, die nie das Licht der Sonne erblicken werden, die Zwangsarbeit leisten müssen und ausgebeutet werden: Hennen, denen unglaubliche Mengen an Eiern weggenommen werden. Küken, die nie das Licht der Welt erblicken dürfen. Millionen von Hühnern jährlich, die einfach „verschwinden". - Wir dürfen sie nie vergessen!"

„Die Hühner der EGU leben seit vielen Jahren selbstbestimmt, in Frieden, Freiheit und Wohlstand. Wir leben in einer stabilen, kotokratischen und federal organisierten Gesellschaft, in der Gewaltenteilung herrscht. Kotokratie ist viel mehr als nur ein zusammengesetztes, aus dem Griechischen stammendes Wort – kotópoulo, das Huhn und kratein, herrschen. Es ist eine Geisteshaltung, die beinhaltet, dass Meinungsfreiheit und Pressefreiheit hochgehalten werden und dass bereits unsere Küken zum kritischen Mitdenken erzogen

werden, damit sie das Erreichte zu schätzen und bewahren lernen. Solange diese Grundbedingungen bestehen, wird niemand je die Hühner der EGU auseinander dividieren können! Schließlich hat man aus der Geschichte gelernt. Sie alle, liebe Mithühner, wissen um die frühere Hochkultur des Hühnervolkes und wie und warum die Hühner damals ausgestorben sind. (**Une Cour à Soi** berichtete.) Angst und in der Folge Isolation waren die Hauptgründe dafür." Und Angst, mahnte Bonifatius Gallus eindringlich, sei generell kein guter Ratgeber.

Gallus nahm im Weiteren Bezug auf die aktuelle Diskussion unter den Hühnern zum Themenkomplex „Angst, Schutz und Mut", die durch aktuelle Aussagen des amtierenden Oberhuhns Ulla von Federlein neue Fahrt aufgenommen hat. Von Federlein hatte postuliert, der Schutz der europäischen Hühner vor Witterung, Hunger, Armut oder Krankheit müsse ebenso umfassend sein, wie der Schutz vor dem Tode. Dem erteilte Bonifatius Gallus eine klare Absage. Das Argument Ulla von Federleins, dass Hinweise auf Risiken und Nebenwirkungen in Gänseschnatter nicht ausreichten, da dieses nicht alle Hühner hinreichend beherrschten, möge im Grunde zwar richtig sein, negiere aber schlicht die Tatsache, dass sich einhundert Prozent aller Hühner weltweit gegen Ende ihres Lebens mit dem Tode konfrontiert sähen. Dies betreffe mitnichten nur die bedauernswerten Schwestern und Brüder, die sich unter der Gewaltherrschaft von Ausbeutern sähen, sondern auch die frei und selbstbestimmt lebenden Hühner der EGU.

Diese Aussage Gallus' führte naturgemäß zu starker Verunsicherung in der Gemeinschaft der Hühner. Die Diskussionen reißen seither nicht mehr ab. Im Folgenden geben wir die Positionen einiger Mitglieder des Hühnerrates für Maßgebliche Philosophische Fragen (HMPF) zu diesem Themenkomplex wieder. Der HMPF ist ein Gremium, das die Regierung der Europäischen Geflügel-Union zu besonderen moralischen Fragestellungen berät. Zu seinen Mitgliedern werden Hennen und Hähne aus Wirtschaft, Kunst, Wissenschaft und Politik berufen, die sich in besonderer Weise um das Gemeinwesen der Hühner verdient gemacht haben.

Die Autorin Astrid Höna nimmt Bonifatius Gallus' Mahnungen sehr ernst und sprach ergänzend das Thema Umwelt an. Sie kritisierte, dass die Hühner ihr Habitat benutzten wie ein Virus seinen Wirt. Sie vermehrten sich unkontrolliert, breiteten sich immer weiter aus, verbrauchten ungeniert alle Ressourcen, derer sie habhaft werden könnten, deponierten ihre Hinterlassenschaften überall, und wenn der Wirt unter diesen Bedingungen schwer erkrankte, scherten sie sich nicht darum. Der Unterschied sei jedoch, dass ein Virus, dessen Hühnerwirt gestorben sei, einen neuen Wirt befallen könne, während die Hühner sich nicht einfach eine neue Lebenswelt suchen könnten, da es nun einmal keinen Hühnerhof B gebe. Wenn man also über den Schutz der Hühner vor allen möglichen Unbillden spreche, dann müsse man auch den Umgang der Hühner mit ihren eigenen Lebensgrundlagen kritisch beleuchten und hier deutlich mehr Verantwortung jedes einzelnen Huhns einfordern.

Energischer Widerspruch hierzu kam vor allem von Wilhelm Gockel, dem Mitbegründer von GoChaCok, der Firma, die das „Silberfederchen" für alle Hühner verfügbar machte (Wir berichteten kürzlich vom Release der neuesten Version 7.0.) Das „Silberfederchen" helfe, den Hühnerhof zu einem sichereren Ort für alle Hühner zu machen, die damit jederzeit vor allen möglichen Gefahren gewarnt werden könnten. Er scheute sich nicht, sich hierbei auch auf die Arbeiten der Wissenschaftlerin Dr. Marie Kikeriki zu berufen, die über die Abstrahlung von Ruhm durch das Teilen von Nachrichten im Internest promoviert hatte. Diese Arbeit sei vor allem durch die gallinen Nestwerke befördert worden, deren Nutzung zum größeren Wohle aller durch das „Silberfederchen" im Grunde überhaupt erst ermöglicht worden, ja geradezu alternativlos seien.

Dem hielt Bonifatius Gallus entgegen, dass das „Silberfederchen" eine Geisteshaltung der Hühner begünstige, die zur Ausgrenzung bestimmter Gruppen von Hühnern führe; eine sehr bedenkliche Entwicklung, die ganz und gar nicht mit einer kotokratischen Gesellschaft vereinbar sei. Zum Beispiel sei die Anzeige herannahender Hühner, die bestimmten Kriterien nicht entsprächen, nur eine Vorstufe zu der Idee, solche Hühner zum Tragen bestimmter Kennzeichen zu verpflichten. Die sei eine unerträgliche Vorstellung. Das von Wilhelm Gockel stets im Schnabel geführte ‚alternativlos' bedeute tatsächlich nichts anderes als ‚Ihr sollt Todesangst haben', was dazu ausgenutzt werden solle, um möglichst viele Hühner dazu zu bringen, im Sinne des eigenen wirtschaftlichen Interesses zu handeln, indem man ihnen eine vermeintlich einfache Lösung anbiete wie ‚Ihr könnt gerettet werden, wenn Ihr genau das tut, was ich Euch sage'. Dies bedeute die Entmündigung mündiger Hühner.

Gerald Gashahn, der Alt-Oberhahn der EGU, berief sich darauf, dass die EGU nach wissenschaftlichen Prinzipien regiert werde. Wilhelm Gockel hielt dem entgegen, dass Wissenschaftler nun einmal aus gutem Grund keine Politiker seien, eine Aussage, die Alfred Mehrkorn so nicht stehen lassen wollte. Eigentlich müsste man zu Alfred Mehrkorn gar nichts mehr sagen: Für seine Banalitätstheorie hat er den Nobelpreis erhalten. Sie beschäftigt sich mit dem gravitätischen Gang in Raum und Zeit und besagt, kurz gefasst, dass die Zeit in einem umschlossenen Raum wie zum Beispiel einem Stall langsamer vergeht als im Freien. Der theoretische Nutzen für das Leben der Hühner ist naturgemäß immens. Bedauerlicherweise, so Astrid Höna, werde in der Realität jedoch ständig über Geld geredet statt über Werte. Eva Money-Henny, die kürzlich die Amtsgeschäfte von Tobias Geldhahn übernommen hat, der tragischerweise tot unter einem Traktor aufgefunden worden war, habe zum Beispiel Milliardenhilfen zum weiteren Schutze der Hühner der EGU vor allen möglichen Unbilden versprochen. Auf die Frage, ob es sich beim Tode Tobias Geldhahns um Selbstmord gehandelt haben und ob dieser möglicherweise im Zusammenhang stehen könne mit den im Raum stehenden Risiken für das Leben der Hühner und der Unmöglichkeit, die Abwehr derselben hinreichend finanzieren zu können, blieb sie eine befriedigende Antwort leider schuldig.

Dies rief Gudrun Trut auf den Plan. Gudrun Trut, selbst mehrfache Glucke und eine bekannte Erziehungswissenschaftlerin unserer Zeit, steht vor allem für zwei wichtige Maximen in der Erziehung der Küken: „Nur selber denken macht schlau" und „Lügen schaden mehr als Unfug". Sie verwies darauf, dass es mit Milliarden allein nicht getan sei, sondern dass die Hühner vor allem erkennen müssten, dass das Leben von jedem Huhn selbst gelebt werden müsse und dass sein Leben, wie Bonifatius Gallus ganz richtig sage, aller staatlichen

Hilfsmaßnahmen zum Trotz dennoch unweigerlich mit dem Tode enden werde. Dies sei der natürliche Lauf der Dinge - wenngleich offenbar eine Tatsache, die die europäischen Hühner nicht mehr akzeptieren könnten. Man könne keine umfassende Versicherung gegen jedwedes Risiko erwarten, sondern müsse Eigeninitiative beweisen und klug handeln. In diesem Zusammenhang wies sie darauf hin, dass der oft zitierte Ausspruch der Philosophin Maria Gallina aufgrund eines Übersetzungsfehlers zwar oft mit ‚Hilf mir; sonst muss ich es womöglich selbst tun' wiedergegeben werde, tatsächlich aber ‚Hilf mir es selbst zu tun' gelautet habe.

Astrid Höna wie auch Gudrun Trut prangerten an, dass Hilfen zwar sofort gewährt würden, wenn es sich um rein wirtschaftliche Interessen handele, selbst wenn die in Rede stehenden Beträge exorbitant seien. Gehe es jedoch darum, ärmeren Hühnern zu helfen oder die Bildungschancen der eigenen Küken zu verbessern, die doch die Zukunft der Hühner bedeuteten, dann werde reflexartig auf leere Kassen verwiesen. Auch die Erhaltung der Lebensgrundlagen der europäischen Hühner erfahre keine gebührende Beachtung - nicht in finanzieller Hinsicht und schon gar nicht unter der Maßgabe, dass jedes einzelne Huhn selbst aktiv daran mitarbeiten müsse statt passiv zu fordern, dass die Organe der EGU dies täten.

Bonifatius Gallus wies zum Abschluss seiner Rede eindringlich darauf hin, dass die Hühnerrechtskonvention vor allem immer wieder des Mutes bedürfe – des Mutes, Dinge kritisch zu hinterfragen genauso wie auch des Mutes, der eigenen Meinung widersprechende Ansichten zu tolerieren, ohne dadurch das Ende der Kotokratie gekommen zu sehen.

„Wenn es wirklich jemals irgend etwas gegeben hat, das ‚alternativlos' war", rief er seinen begeisterten Zuhörern leidenschaftlich zu, „dann die Tatsache, dass die Europäischen Hühner dies werden aushalten können und müssen". Dies wurde

begleitet vom anhaltenden stürmi-
schen Applaus der Anwesenden.

Reale Gefahr oder Verschwörungstheorien?

In Krähfeld trafen sich kürzlich Vertreter der Europäischen Hühner, um über die drängendsten Probleme der Hühnerhöfe weltweit zu beraten - die Erwärmung der Ställe, die Sicherung der Futterressourcen, der Zugang zu frischem, sauberem Wasser, die Gesundheit der Hühner sowie ihre Bildung, um nur einige zu nennen. Nina Suppenhuhn berichtet.

Das amtierende Oberhuhn Ulla von Federlein nahm in ihrer Begrüßungsrede Bezug auf das berühmt gewordene Motto unseres Oberhuhns der früheren Hochkultur der Hühner (‚Wir schaffen das ab').

„Heute müssen wir konstatieren, dass unser Haupt-Fressfeind im Begriff steht, dieses hin zu ‚Wir schaffen *uns* ab' zu verändern", rief von Federlein. Sie mahnte jedoch, dass Freude darüber, dass die Haupt-Fressfeinde der Hühner offenbar im Aussterben begriffen seien, völlig unangebracht sei. Tatsächlich zerstörten diese zwar große Teile ihres Habitats, litten durch ihre unnatürliche Lebensweise an zahlreichen lebensverkürzenden Krankheiten und brächten sich in großer Zahl gegenseitig um. Dabei beschuldigen sich sich gegenseitig, an der Misere schuld zu sein und warteten wie bockige Küken darauf, dass die jeweils anderen zuerst anfingen, ihr Verhalten zu verändern, womit sie ihr Aussterben natürlich nur noch beschleunigten. Leider sei es jedoch so, dass sie mit ihrem eigenen Habitat zugleich das der Hühner zerstörten und damit deren friedliche Existenz bedrohten. Die Frage sei, wie man diese Bedrohung mit den vereinten Kräften der Hühnerschaft aufhalten könne.

Dafür bekam sie Beifall von den Chicken Wings, die ein Transparent entrollt hatten, das die Aufschrift trug: ‚Erst wenn das letzte Nest zerstört, der letzte Napf Wasser vergiftet und das letzte Ei aufgefressen ist, werdet Ihr feststellen, dass das Leben bei MacDaisy kein Ponyhof ist!' Eine zentrale Forderung der Chicken Wings ist Solidarität, was den Zugang zu Futter und Wasser aber auch zu Bildung angeht. Früher seien Kämpfe um die zu vielerlei Zwecken nützlichen Ölsaaten geführt worden. Für die Zukunft würden bereits seit Jahren Streitigkeiten um sauberes Wasser prognostiziert. Aufgrund der fortschreitenden Erwärmung der Ställe habe bereits eine massive Stallflucht in Richtung Freiland eingesetzt. Und mittlerweile, so beklagte Greta Kyckling, schienen die Hühner nicht einmal mehr bereit zu sein, auch nur ihre Atemluft mit anderen Hühnern zu teilen. Wer derart unsolidarisch sei, werde als Spezies wohl kaum Überlebenschancen haben.

José Gallo war der Meinung, dass, wenn eine Spezies aussterbe, einfach eine andere ihren Platz einnehmen werde und es den Hühnern doch ganz egal sein könne welche, solange nicht sie selbst es seien, die ausstürben.

Marcoq Chaptal dagegen sprach von „haltlosem Weltuntergangsgeschwätz", was in Wahrheit nichts anderes sei als von Fortschrittsfeinden in die Welt gesetzte Verschwörungstheorien. Wenn jemand aussterbe, dann seien dies ganz sicher nicht die Hühner, die im Gegenteil die Welt endlich zu einem sichereren Ort machen könnten. GoChaCok werde mit Hilfe des Silberfederchens natürlich gern seinen Teil dazu beitragen.

Karl Hahn kritisierte, dass die Welt bestimmt nicht dadurch sicherer werde, dass ein Unternehmen sein Produkt als vorgeblich sicherheitsrelevant in den Vordergrund spiele. Aggressives Marketing sei keine Lösung für die Zukunftsprobleme der Hühner und absolut nicht hinnehmbar. Wilhelm Gockel reagierte empört und verwies darauf, dass es den Gründern von GoChaCok niemals rein um Gewinn gegangen sei und sie sich im Gegenteil sogar kürzlich von einem Großteil ihres Vermögens getrennt hätten, welches sie zum Wohle aller Hühner an Roter Kamm International gespendet hätten. (**Une Cour à Soi** berichtete.) Karl Hahn wurde später mit den Worten zitiert, die Verantwortlichen bei Roter Kamm International könnten mit diesem Geld so viel Desinfektionsmittel beschaffen wie sie für richtig hielten, doch sei dieses wohl kaum geeignet, in der Zukunft den Durst der Hühner zu stillen. Offiziell bestreitet er allerdings vehement, eine solche Aussage gemacht zu haben.

Der Umweltexperte Joschka Wasserhahn wies darauf hin, dass das Silberfederchen nicht ausschließlich aus nachwachsenden Rohstoffen bestehe, sondern auch schwer zu gewinnende und später ebenso schwer wieder zu entsorgende Stoffe enthalte. Dies wies Stephen Cockerel zurück. Der Begriff „nachwachsende Rohstoffe" sei doch ohnehin nur Augenwischerei. Schließlich könne man niemals ein Korn doppelt verwerten, so dass es immer nur entweder der Ernährung oder eben anderen Zwecken dienen könne. Damit sei dieser Kritikpunkt vollkommen haltlos. Die Frage, warum das Silberfederchen nicht wenigstens solar betrieben werde, wischte er mit dem Hinweis darauf beiseite, dass schließlich nicht alle Hühner im Freiland lebten.

Astrid Höna reagierte ärgerlich. „Leider ist das einzige, was schneller nachwächst als man es vernichten kann, Dummheit", rief sie leidenschaftlich. Dies sei jedoch keine Legitimation dafür, weiterhin Stoffe einzusetzen, welche nachweislich das Habitat schädigten. Klugheit beweise doch wohl eher, wer daran arbeite, andere, bessere Lösungen zu finden. Leider könne sie diese Art von Klugheit bei den Hühnern derzeit noch viel zu wenig erkennen, sondern habe eher den Eindruck, man eifere dem Hauptfressfeind nach und werde diesem dann eben auf dessen Weg ins Verderben folgen müssen.

Hilmar Hinkel gab zu bedenken, dass im Laufe der Eivolution immer wieder Spezies ausgestorben seien, die sich nicht an veränderte Lebensbedingungen hätten anpassen können. Die Hühner hätten zwar ihre Lebensweise verändert, dies allerdings nicht zu ihrem Vorteil. „Die modernen Hühner, ja bereits ihre Küken, sind mehrheitlich zu fett. Sie bewegen sich zu wenig und fressen zu viel. Sie konsumieren überhaupt ohne Maß und Ziel und wollen sich auch sonst kein bisschen von ihrer Bequemlichkeit nehmen lassen." Er forderte, dass die Hühner endlich Gewohnheiten ablegen müssten, die sowohl ihrer eigenen Gesundheit als auch der anderer Hühner schadeten. Er nannte Beispiele wie das übermäßige Fressen vergorener Früchte oder das Inhalieren geräucherter Kräuter, aber auch die massenhafte Nutzung der Dienste der Kraniche oder der Albatrosse, um von einem an den anderen Ort zu gelangen anstatt sich selbst zu bewegen. Außerdem verbrauchten die Großvögel für diese Leistungen ebenfalls Rohstoffe und emittierten andererseits nicht unerhebliche Mengen an Schmutz, welcher die Umwelt belaste.

Gudrun Trut wies darauf hin, dass der Fortbestand der Hühner als Spezies so wenig selbstverständlich sei wie das Überleben jeder anderen Spezies, und dies schon gar nicht, wenn die Hühner ihre Umwelt weiterhin so schamlos verschmutzten und ausbeuteten wie sie das derzeit täten. Es herrschte betroffene Stille nach ihrem Hinweis darauf, dass es im übrigen Schlimmeres gebe als den Tod, wie jeder wisse, der einmal ‚Alle Hühner sind sterblich' von Simone de Plumeau gelesen habe.

Die spöttische Replik Wilhelm Gockels „Es kann nur einen geben" sowie sein anschließender Versuch, das Thema ins Lächerliche zu ziehen, indem er gönnerhaft bedauerte, dass junge Hennen oft weniger erfolgreich seien als gleichaltrige Hähne, was er überdies als naturgegeben darzustellen versuchte, bekamen ihm jedoch nicht gut. Emma Huhn nahm ihn aufs Korn. Es sei ein einziges Wunder, dass die Hühner unter der Hackordnung der Hähne nicht schon längst ausgestorben seien, wo Hähne doch nur fräßen, nicht einmal Eier legten und Konflikte in der Regel durch blutige Kämpfe auszutragen pflegten, bei denen nicht selten auch Unbeteiligte zu Schaden kämen. Sie forderte einmal mehr eine Hennenquote von mindestens 50 Prozent in sämtlichen Entscheidungspositionen.

Wilhelm Gockel verzog verächtlich den Schnabel. „Wir regeln uns noch zu Tode", sagte er. „Wenn wir überleben wollen, brauchen wir weniger Bestimmungen, die uns Fesseln anlegen und nicht noch mehr davon!"

„In Ländern, in denen es weniger Regeln gibt", bemerkte Alphonse LeCoq trocken, „ist nicht automatisch alles besser. Denken Sie doch nur einmal an Dagobert Claw. Er regiert ein sehr reiches Land mit sehr wenigen Regeln. Trotzdem sind dort immer mehr Hühner so arm, dass sie sehr beengt leben müssen. Jeder weiß doch, dass Hühner in Bodenhaltung es sich meist nicht leisten können, ihre Küken auf gute Schulen zu schicken. Inzwischen kann in diesem reichen Land bereits jedes fünfte erwachsene Huhn nicht einmal mehr richtig lesen!"

„Si, si", pflichtete Marco Pollo ihm bei, „die Pulcini brauchen gute Schulen." Bevor er sich jedoch weiter darüber verbreiten konnte, fiel ihm Alphonse LeCoq wieder ins Wort und hob mahnend den Flügel. „Satt und sauber zu sein genügt nicht, meine sehr verehrten Hennen und Hähne! Hühner, die nicht einmal lesen können, sind leichte Beute für Kotogogen jeglicher Art." (Kotogogie: griech. Kotópoulo = Huhn, griech. agein = führen. Also Hühner(ver)führung. Wird meist als abwertende Bezeichnung gebraucht. Anm. d. Red.)

„Und wer andere als Verschwörungstheoretiker zu diffamieren versucht", fuhr Alphonse LeCoq mit erhobener Stimme fort, „der versucht sie im Sinne der Durchsetzung seiner eigenen Interessen mundtot zu machen. Ist Dagobert Claw im übrigen nicht selbst der beste Beweis dafür, dass Bildung als unbedingte Voraussetzung für die körperliche wie geistige Fitness der Hühner gelten *muss*?"

Ulla von Federlein hatte sichtlich Mühe, selbst die Contenance zu wahren, während sie versuchte, den tosenden Beifall zu dämpfen, der diesen Worten folgte. Aufgrund der vorgerückten Stunde schloss sie die Sitzung, nicht jedoch ohne das Thema ‚Bildung und Zukunft' an die OWEH (Organisation für Wirtschaft und Entwicklung der Hühner) zu verweisen, die dieses unbedingt zeitnah werde vertiefen müssen.

Das Hennenbild im Spiegel der Werbung

Eine Betrachtung von Emma Huhn.

Es gab einmal eine Zeit, in der die Hennen mit nichts anderem als der Herstellung und Bewahrung von Sauberkeit befasst gewesen zu sein schienen. Sauberkeit des Nestes, Sauberkeit der Küken, Sauberkeit der eigenen Federn. Die Hennen waren damals mehrheitlich nicht außer Haus berufstätig. Als ihr vornehmster Beruf galt es, das Nest so sauber zu halten, dass man sich darin spiegeln konnte, die Küken zu erziehen (und sie natürlich wieder zu säubern, wenn sie vom Spielen kamen) sowie den Hahn zu bekochen und zu verwöhnen. Bei all dem sollte die Henne selbst stets makellos aussehen, wie frisch aus dem Ei gepellt!

Hier ein Auszug aus einem Artikel der Zeitschrift *„Henne im Spiegel"* aus den frühen 1960er Jahren:

Neuerdings spricht jeder über „Keime". Was sind Keime, woher kommen sie, und sind sie gefährlich?

Was sind Keime?

Keime sind kleine Partikel von Körnern oder Samen, die in unseren Federn kleben geblieben und in Verbindung mit Wasser zu keimen begonnen haben. Grundsätzlich also etwas Natürliches und als Futter sogar sehr gesund, solange sie noch frisch und grün sind. Allerdings gehören sie nicht in ein makelloses Federkleid, und von hier gehören sie unbedingt sofort entfernt, bevor sie dauerhafte Flecken hinterlassen.

Wo kommen sie her?

In der Mehrzahl der Fälle werden sie dort, wo viele Hühner zusammen kommen, in der Luft verteilt und senken sich im Laufe der Zeit auf unser Gefieder.

Sind Keime gefährlich? Können sie gar krank machen?

Die meisten Keime sitzen auf dem Gefieder und können leicht abgeschüttelt oder abgepickt werden. Hartnäckig am Gefieder haftende Keime entfernt man am besten mit Wasser und Seife. Krank machen Keime nur, wenn sie zu schimmeln begonnen haben und dann aufgepickt werden. Empfindliche Hühner können darauf mit schweren

Verdauungsproblemen reagieren.

Was kann man gegen Keime tun?

Will man nicht in Berührung mit Keimen kommen und diese Belastung auch anderen Hühnern ersparen, hilft nur auf dem Nest zu bleiben, nicht unter Hühner zu gehen und vor allem große Hühneransammlungen zu meiden. Wer sich wenig bewegt, wirbelt auch selbst weniger Körner und Samen auf, die sich auf das eigene oder fremdes Gefieder legen könnten. War es nun einmal nicht zu vermeiden auszugehen, sollten das Gefieder kräftig ausgeschüttelt und die Krallen hinterher ordentlich mit Wasser und Seife gewaschen werden. (Den Sporn dabei nicht vergessen!)

Auf derselben Seite der *Henne im Spiegel* fand sich folgender Reklametext neben dem Bild einer bezaubernden perlmuttfarbenen Henne, die verzückt über ihre Schulter blickt, die Flügelspitzen anmutig ineinander verschränkt und ein Bein leicht nach außen gestreckt:

Braucht es mehr als Wasser und Seife, um sauber zu werden?

Ja, nämlich dann, wenn ein Huhn nicht nur sauber, sondern porentief rein sein will. Rein bedeutet „makellos sauber; frei von Flecken, Schmutz o. Ä.". Nur wer richtig sauber ist, kann richtig glänzen. Und welche Henne würde nicht glänzen wollen? Omas Sandbad hat ausgedient. Wir empfehlen unseren Leserinnen, nacheinander in Wasser von 20,

30 und 45 Grad zu baden, das mit Poulamin Schaumbad versetzt wurde. Seine Waschkraft macht es so ergiebig.

Halten wir also fest: In den 1960er Jahren hielt man ein sauberes und adrettes Federkleid offensichtlich für essentiell für eine Henne. Warmes Wasser und Seife genügten, um diesen ersehnten Zustand herzustellen. (Dass die Hähne ebenso sauber zu sein hatten, lässt sich aus den Artikeln übrigens nicht herauslesen.)

Weitere Werbung der damaligen Zeit lässt uns ahnen, dass das Leben der Hennen möglichst auf Haushaltsdienstleistungen für den Hahn und die Aufzucht der Küken beschränkt bleiben sollte. Nicht unverständlich, dass es außerdem eine Menge Reklame für „Stärkungsmittel" wie „Hennengold" gab - ein Gläschen in Ehren hätte wohl niemand ernsthaft einer von diesem Leben fast zu Tode gelangweilten Henne verwehren mögen!

In den 1970er Jahren entdeckte man, dass Hennen von Natur aus einen Geruch haben - welchen es tunlichst zu unterdrücken galt. Ein bekannter Werbespot aus der Zeit zeigt vor dem Hintergrund einer rauschenden Party eine Henne, die entsetzt unter ihren Flügel schaut. Eine neben ihr stehende Henne reicht ihr mit mitleidigem Gesichtsausdruck eine Deoflasche, nach deren Gebrauch die erste Henne sich erleichtert wieder zurück auf die Tanzfläche wagt, wo die Hähne alsbald Interesse an ihr zu zeigen beginnen.

In den 1980er Jahren genügte auch die Unterdrückung des Eigengeruchs nicht mehr; jetzt sollten die Hennen zusätzlich nach exotischem Parfüm duften. Die Werbung der damaligen Zeit lässt ahnen, dass ein Vorteil dessen immerhin darin gelegen haben mag, dass die Hennen von den Hähnen weniger Haushaltsgeräte als Geschenke bekamen und sich nun stattdessen über aufwändig gestaltete Parfümflakons freuen durften.

In den 1990er Jahren rückten Pflegeprodukte ein wenig in den Hintergrund, denn natürliche Schönheit wurde propagiert. Die Hühner wurden vor den schädlichen Folgen von zu viel Waschen, Putzen und Pflege mit Hilfe industriell hergestellter Produkte nachgerade gewarnt. Die Federn verlören ihren natürlichen Glanz oder erlitten Spliss, die Krallen könnten splittern - wogegen natürlich allerlei weitere Pflegeprodukte empfohlen wurden. Küken könnten Allergien entwickeln, hieß es, wenn sie nicht auch einmal mit Hühnerdreck in Berührung kamen. Unvergessen das Titelbild einer Ausgabe der Zeitschrift **Pickitte** von 1995 mit dem Bild von fünf glücklich spielenden Küken in einer Matschpfütze; dahinter eine lachende Glucke. „La poule qui rit" lautete die Titelgeschichte zum Thema „Dreck macht Speck". (Nur eine Frage bleibt dabei offen: Wo war eigentlich der Hahn?)

In den letzten Jahren wurde vermehrt dafür geworben, Pflege- und Reinigungsprodukte aus natürlichen Zutaten selbst herzustellen, weil es gesünder sei und um die Umwelt zu schonen. Wer folgte dem? Die Hennen. Und was taten die Hähne? Nun - mehrheitlich vermutlich wohl das, was sie schon immer getan haben…

In den letzten Jahren nehmen wir nun erneut eine Veränderung wahr. Es wird kaum noch von „Sauberkeit" gesprochen. Schon der Begriff gilt als altmodisch. Heute spricht man von „Hygiene" und bezeichnet dies als „das neue Normal". Einmal abgesehen davon, dass „das neue Normal" ein Ausdruck ist, der jedem Liebhaber guter Sprache die Federn zu Berge stehen lässt - beleuchten wir doch einmal die Sache an sich.

Viele Hühner gehen davon aus, dass Hygiene mit Wasser zu tun hat, da es mit Hyg- beginnt wie ‚hygros', das griechische Wort für Wasser. Wasser plus Seife = Waschen, und schon wird der Schmutz fortgespült. Daran ist zwar nichts Falsches; es genügt aber offensichtlich den Anforderungen moderner Hühner nicht mehr. Tatsächlich geht das Konzept von „Hygiene" weit über bloße Sauberkeit hinaus. Hygiene bedeutet, dass auch nicht die kleinste Unreinheit überleben darf, selbst wenn sie ganz und gar unsichtbar ist. Na, dann - herzlichen Glückwunsch und welcome back to the roots, liebe Hennenschwestern: Nicht nur sauber, sondern porentief rein!

Die modernen Hühner benutzen statt Seife also Desinfektionsmittel. Ein Wort, das bis vor wenigen Jahren, als die Erde noch eine Scheibe und Hygieia nur eine von vielen griechischen Hühnergöttinnen war, noch kein Huhn buchstabieren konnte, welches nun aber in aller Schnabel ist. Betrachten wir seine Bedeutung doch einmal Silbe für Silbe: Des-in-fek-ti-ons-mit-tel:

Des plattdeutsch für „dass"

in   in, hinein

fek Abk. von Fäkalien, also Hühnerdreck

ti   lateinisch für „du"

ons plattdeutsch für „uns"

mit mittels

tel Abk. für Telefon

Im ganzen Satz also: „Dass Du (bis zum Hals) im Hühnerdreck steckst, möchten wir bitte nur per

Telefon erfahren." Dahinter verbirgt sich weit mehr als der Wunsch nach porentiefer Sauberkeit und die Furcht vor Kontamination. Darin steckt zudem eine unausgesprochene soziale Distanzierung von unseren Mithühnern, ein Nicht-mehr-teilnehmen-wollen am Er-Leben der anderen. Eine Kälte im Umgang miteinander, die uns alle mehr als nachdenklich stimmen sollte!

Eine weitere Bedeutung des Wortstammes „Infektion" sollte in diesem Zusammenhang nicht unerwähnt bleiben. Er kommt vom lateinischen *înficere:* ‚vergiften'. Dies bedeutet nicht nur, dass Desinfektionsmittel selbst nicht ungiftig ist (Man sollte es auf keinen Fall trinken, es nicht zu häufig einatmen, und selbst Pickipedia weist unter dem Punkt „Kritik an moderner Hygiene" darauf hin, dass wissenschaftliche Studien einen Zusammenhang zwischen übertriebener Hygiene im nestlichen Umfeld und dem Auftreten von Allergien nahelegen.), sondern weist gleichzeitig auch irgendwie auf das vergiftete Klima zwischen den modernen Hühnern hin.

Hähne sind hiervon heutzutage übrigens nicht mehr ausgenommen. Noch nie waren sich Hühner und Hähne in einer Sache so einig. „Das neue Normal" hat die Geschlechter endlich einmal vereint.

Bleibt nur die Frage, ob wir darüber jetzt lachen oder weinen sollen.

Une Cour à SOI

„War of the Floxx"

Vor genau sechs Monaten wurde der Film nach dem gleichnamigen Buch von Orsonwell G. Winxx erstmals ausgestrahlt und sorgt seither für nicht enden wollende Diskussionen. Eine Betrachtung von Maria Gallina.

Lassen Sie uns zunächst die Handlung des Films skizzieren: „Die Nutzer des ‚Silberfederchens' sind verunsichert. Das nützliche kleine Gerät der Firma GoChaCok, das die meisten Hühner nicht mehr aus ihrem Alltag wegdenken können, ist nicht zuletzt dafür bekannt, seinen Nutzern dezente Warnhinweise zu geben, wenn auf ihren Pfaden Ungemach droht, seien es blockierte Wege, Unwetter, Unfälle oder mögliche Begegnungen mit Hühnern, die vom jeweiligen Nutzer als unerwünscht hinterlegten Kriterien entsprechen. Plötzlich häufen sich die vom ‚Silberfederchen' ausgegebenen Warnmeldungen. Je älter seine Nutzer sind, um so häufiger werden sie vor ihrem unmittelbar bevorstehenden qualvollen Ende gewarnt. Küken und sehr junge Hühner dagegen müssen davon ausgehen, dass sie kontaminiert sind, wodurch von ihnen ein kaum kalkulierbares Risiko für andere Hühner ausgeht. Mittelalte Hühner erhalten kaum Warnmeldungen und könnten eigentlich weiter ungehindert ihren Geschäften nachgehen. Dennoch beherrscht binnen kürzester Zeit die Angst den Alltag, die gesamte Hühnerschaft stehe kurz vor ihrer kompletten Ausrottung.

Die meisten Hühner trauen sich kaum mehr aus dem Stall. Viele legen Vorräte an, als gelte es, mindestens die nächsten zwei Jahre auf dem Nest zu verbringen. Die meisten hasten nur noch kurz nach draußen, schauen nicht rechts, nicht links und halten nicht einmal auf ein kurzes Gegacker mit Freunden und Bekannten an. Ihr Futter teilen sie mit niemandem mehr. Die erwachsenen Hühner lassen ihre Küken nicht mehr nach draußen, und die alten Hühner sperren sie ebenfalls im Stall ein. Selbst der Schulbesuch der Küken gilt bald als zu gefährlich. Eine steigende Anzahl erwachsener Hühner geht nicht mehr ihrer Erwerbsarbeit nach. Häufig sieht man Hühner, die sich komplett in Plastikfolie einwickeln, wenn sie einmal ausgehen müssen. Vor der Rückkehr in den Stall tauchen sie durch eine Wanne mit Desinfektionsmittel und benetzen damit akribisch noch die letzte Feder.

Die Regierung lässt verlauten, sie werde alles tun, um der außerordentlichen Gefahrenlage zu begegnen. Ab sofort sorgen Markierungen auf den Wegen dafür, dass die Hühner nicht mehr durcheinander laufen. Andere als die vorgegebenen Pfade zu benutzen, ist nicht erlaubt. Das gemeinsame Gackern mit anderen Hühnern wird verboten. Fragen zu stellen wird dem gemeinsamen Gackern gleichgesetzt. Zuwiderhandlungen werden streng bestraft.

Den wenigen Hühnern, die weiterhin ihren normalen Geschäften nachzugehen versuchen oder wie gewohnt Kontakt zu anderen Hühnern aufnehmen wollen, wird vorgeworfen, sie bedrohten durch ihr Verhalten die Gemeinschaft der Hühner. Sie werden beschuldigt, die herrschende Hühnerhofordnung gewaltsam umstürzen zu wollen und werden verfolgt.

Die soziale Hofwirtschaft nimmt unter der über Jahre andauernden Situation immensen Schaden. Da die tradierten gallinistischen Bildungsideale außer Kraft gesetzt sind, schwindet die Kraft der Hühnerschaft für Veränderungen aus der eigenen Mitte heraus. Das gegenseitige Misstrauen unter den Hühnern steigt exponentiell. Freundschaften zerbrechen, Familien fallen auseinander. Der Riss geht mitten durch die Gesellschaft. Erstaunlich ist vor allem die

Geschwindigkeit, in der sich dies vollzieht.

Die ebenso kluge wie schöne Henne Holly Flylightly erkennt, dass es sich um Falschmeldungen durch das ‚Silberfederchen' handelt. Sie findet heraus, dass sich dies durch einen Neustart der Geräte beheben lässt - eine Möglichkeit, die den Hühnern bis dahin gar nicht bekannt ist, da das ‚Silberfeder-chen' bekanntermaßen keinen Ausschaltknopf hat. (Wir können froh sein, dass wir diesen Neustart im wirklichen Leben praktisch nie auszuführen brauchen - mit einer Kralle auf die Sendeeinheit am Kamm tippen, mit einem Flügel auf den Krall-screen und gleichzeitig mit dem Schnabel in eine unter dem Screen zu ertastende Vertiefung.)

Holly beginnt, unter großem persönlichem Einsatz Widerstand zu leisten und geht zusammen mit dem gut aussehenden Gregory Cock durch einige federnsträubende Abenteuer. Langsam gelingt es ihr, den Hühnern die Wahrheit nahe zu bringen und nach und nach finden sie zurück zu ihrem normalen Leben, wobei Holly hofft durchset-zen zu können, dass sich dieses in manchen Punkten vom früheren Leben der Hühner unterscheiden und zum Besseren wenden wird."

Die Meinungen der Filmkritiker über das Oeuvre gehen weit auseinander. „Brilliant", sagen die einen und meinen die Darstellung des filmisch nicht leicht umzuset-zenden, mit rasanter Geschwindig-keit um sich greifenden Misstrauens zwischen den Hühnern. „Naja", sagen die anderen und kritisieren vor allem den vorhersehbaren Ausgang der Liebesgeschichte zwi-schen der Protagonistin, der hoch intelligenten und gut ausgebildeten Holly Flylightly, und dem schönen Gregory Cock.

Ein weiterer Kritikpunkt: Die Film-Krise nimmt ihren Lauf durch die Falschmeldungen des ‚Silberfe-derchens'. Am Ende bleibt jedoch offen, weshalb das Gerät die falschen Warnungen sendet. Alle Verschwörungstheorien verlaufen im Sande. Als Zuschauer erwartet man eine kriminelle Ursache - und wird enttäuscht. Es bleibt nur genuine galline Dummheit als Grund übrig, und es gibt keinen „Bösen", der bestraft werden könnte. Das ist in der Tat unbefriedigend.

Wir wollen nicht verschweigen, dass „War of the Floxx" auch deshalb zu trauriger Berühmtheit gelangt ist, weil einige Suizidfälle damit in Verbindung gebracht wurden. Aufgrund der sehr realistischen Darstellung vermummter Hühner, heißt es, hätten sich bei den betroffenen Hühnern Symptome einer posttraumatischen Belastungsstörung manifestiert, als sie nach der Ausstrahlung des Films auf maskierte Hühner getroffen waren. (Wiewohl der Grund für die Maskerade ein harmloser war - ein Maskenball.)

Was aber macht diesen Film aus, der so viel Betroffenheit auslöst und seit Monaten Hühner wie Medien beschäftigt? „Völlig überbewertet!", sagen die einen. Es sei vollkommen unrealistisch, dass sich das Hühnergemeinwesen so schnell von seinen tradierten Werten abbringen lasse. Wie jeder wisse, seien Hühner nur in der Gemeinschaft stark und könnten in der Vereinzelung nicht lange überleben.

„Es gibt viele gute Gründe", sagen die anderen. Die breite Masse der Hühner werde zwar im Falle einer Katastrophe kopflos durcheinander gackern und krähen, am Ende aber kritiklos auf den hören, der am lautesten schreie. „War of the Floxx" berge indes einiges an Gesellschaftskritik, die vor dem Hintergrund eines Krimis mit einer Liebesgeschichte viel zu wenig beachtet werde. Was sollte das sein, abgesehen von der (sehr realitätsnah dargestellten) permanenten Nutzung des ‚Silberfederchens', welches den Hühnern tatsächlich völlig neue Perspektiven eröffnet, nicht zuletzt in den Bereichen Gesundheitsüberwachung und Information? Greifen wir einmal ein paar Themen des Films heraus.

- *Die Film-Hühner leben oft weit entfernt vom dem Hof, auf dem sie selbst geschlüpft sind.* Auch in der Realität ist es so, dass die Hühner dorthin ziehen, wo sie Arbeit finden.

- Im Film spielen Küken praktisch keine Rolle. Tatsächlich überlegen viele Hennen und Hähne sehr lange, ob und wie viele Küken sie schlüpfen lassen wollen. Sind die Küken einmal geschlüpft, verbringen sie einen Großteil ihrer Zeit in Kütas und Ganztagsschulen, statt wie früher frei umher zu streifen.

- So gut wie alle Hähne und Hennen sind berufstätig und dies meist weit entfernt von ihrem Nest. Früher einmal waren die Hühner mit ihrer beruflichen Tätigkeit zumeist an ihren Hof gebunden, und die Küken wuchsen in einer großen Gemeinschaft auf. Dies hat sich in den letzten Jahren dramatisch geändert. Die Hühner sind heute weitgehend außerhalb tätig, und zur Arbeitszeit kommt noch die Anreise zur Arbeitsstelle hinzu. Es gibt kaum noch Mehrgenerationenfamilien auf ein und demselben Hühnerhof. Das limitiert den Kontakt der Küken zu weiteren Mitgliedern der Großfamilie und erschwert die Weitergabe von Traditionen. Viele Hühner können ihre Küken nicht mehr selbst betreuen und erziehen.

- Im Film bedienen sich die Hühner zumeist der Futteraufnahme außerhalb des eigenen Hofes, und probieren dabei auch Speisen, die ihnen zuvor nicht geläufig waren. Selbst zubereitete Mahlzeiten kommen im Film überhaupt nicht vor. - Wer würde bestreiten wollen, dass dem in Wirklichkeit genau so ist? Tatsächlich geben viele Hühner an, ihres aufreibenden Alltags wegen nicht genügend Zeit zur Zubereitung frischer, traditioneller Mahlzeiten zu haben. Die Küken werden kaum noch darin unterwiesen diese herzustellen, so dass immer weniger Hähne und Hennen über die dazu notwendigen Kenntnisse verfügen. In der Folge bedienen sie sich gerne des überall günstig angebotenen Fertigfutters. (Dem Thema Ernährung werden wir aufgrund seiner Bedeutung in der nächsten Ausgabe von **Une Cour à SOI** einen eigenen Artikel widmen.)

- Im Film sieht man keine Hühner, die sich ungezwungen unter freiem Himmel bewegen. Auch in der Realität sieht man dies

immer seltener. Den daraus resultierenden Bewegungsmangel versuchen nicht wenige Hühner in Schenkelstudios durch gezielte sportliche Übungen unter fachkundiger Anleitung zu kompensieren.

- *Fast alle Film-Hühner sind übergewichtig.* Sehen Sie sich einmal in ihrer Umgebung um. Sie werden im Unterschied zu früher eine Vielzahl von übergewichtigen Hühnern entdecken wie übrigens auch Hühner, die unter einer Vielzahl von Krankheiten leiden, die man früher kaum kannte, und zu deren Behandlung sie eine Vielzahl von Tierärzten konsultieren und eine Vielzahl von Arzneimitteln einnehmen.

- *Die Hühner in „War of the Floxx" sind vor der Krise immerzu rastlos auf dem Weg von hier nach dort.* Auch in der Realität wollen die Hühner die Welt kennen lernen. Sie verreisen, sobald sich auch nur ein freier Tag findet; gerne auch in entlegene Gegenden, wozu sie die Dienste der Kraniche und der Albatrosse bemühen, deren Bestände sich in den vergangenen Jahren enorm vermehrt haben. Damit einher gehen auch der erhöhte Verbrauch von Futter für diese Großvögel wie auch die Notwendigkeit der Entsorgung ihrer Ausscheidungen.

Als vor einigen Jahren bekannt wurde, dass die Hühner der früheren Zeit ein gänzlich anderes Leben geführt hatten als die Hühner der heutigen Europäischen Geflügel-Union - wir verweisen auf unseren Artikel vom 01.04.2018 zu den ausgegrabenen Aufzeichnungen der Kassandra Suppenhuhn - grauste es viele Hühner beim bloßen Gedanken daran, selbst ein derart hektisches Leben führen zu müssen, immerzu in rastloser Bewegung von einem Ort zum anderen, fern von den Lieben, stets in Gesellschaft einer Vielzahl anderer Hühner und gleichzeitig in stetem digitalem Austausch mit weiteren. Für eine steigende Anzahl an Hühnern scheint es jedoch ein glanzvolles Leben voller Wunder und Annehmlichkeiten gewesen zu sein, und es mehren sich die Bestrebungen, es ihnen kritiklos gleichzutun.

Die modernen Hühner leben immer mehr so, als gäbe es kein Morgen. Und genau das ist - neben der Betonung der Bedeutung der Gemeinschaft für die Hühner - das zentrale Thema von „War of the Floxx", der damit einer der wichtigsten zeitkritischen Filme der letzten Jahre ist.

Betrüblich, aber sehr bezeichnend für unsere Gesellschaft, dass dies so vielen Zuschauern vor dem Hintergrund einer banalen Lovestory entgeht.

Convenience-Futter und Mangelernährung

Interessanter Vortrag der Kototrophologin Amy Nosh

Die Hühner nehmen ihr Futter immer häufiger außerhalb des eigenen Hofes auf und kosten Nahrungsmittel, die ihnen zuvor nicht geläufig waren. Traditionelle, sorgfältig und mit Liebe zubereitete Mahlzeiten kommen dagegen immer seltener in den Napf. Ein Rückblick auf Amy Noshs Vortrag im Hühnergemeinschaftshaus von Kornwestheim von Emma Huhn.

„Die Hühner der EGU leiden an Mangelernährung." Die Aussage mag erstaunen, sprechen wir doch von den Bewohnern eines reichen Landes, die keineswegs hungern müssen. Im Laufe ihres Vortrages erklärt die Kototrophologin Amy Nosh (griech. Kotopoulo „Huhn", trophe „Ernährung" und -logie „Lehre; also die Lehre von der Ernährung der Hühner), was sie damit meint.

Mahlzeiten werden immer seltener selbst zubereitet und zuhause frisch verzehrt. Zum einen geben viele Hühner an, aufgrund ihres aufreibenden Alltags nicht genügend Zeit dafür zu haben, zum anderen beherrschen immer weniger Hähne und Hennen diese - man darf es so nennen - Kunst. In der Folge bedienen sie sich gern des überall günstig angebotenen Fertigfutters. Ist dieses jedoch tatsächlich so gesund wie die Werbung die Hühner gern glauben machen möchte?

„Nehmen Sie zum Beispiel die beliebten Würmerprodukte", sagt Amy Nosh. „Sie sind zu einem günstigen Preis zu bekommen, vor allem in den großen Vorteilspackungen. Schon die Küken lieben Würmerriegel und würden sie am liebsten den ganzen Tag fressen. Nicht wenige Hennen geben sie ihren Küken als vermeintlich gesunden Snack mit in die Küta."

Frische Würmer seien selbstverständlich ein gesundes Futter, so Nosh. „Würmerriegel enthalten jedoch oft das Äquivalent zu mindestens einem Dutzend Würmern, eine Menge, die ein Huhn normalerweise praktisch nie auf einmal aufnehmen würde." Wie sie weiter ausführt, werden den Würmern bei der Verarbeitung Konservierungsmittel zugesetzt, um sie haltbar zu machen. Es handelt sich hierbei um in der Regel nicht natürlich vorkommende Stoffe, denen Zucker und Aromen beigegeben werden, um ihren schlechten Geschmack zu überdecken. „Und schließlich werden die Produkte in Formen und Farben angeboten, die es in der Natur ebenfalls nicht gibt", schließt Amy Nosh ihre einführende Rede.

Ihre Kollegin Salvia Custos-Gallosus hatte im Foyer des Hühnergemeinschaftshauses einen Infostand des Würmerschutzvereins aufgebaut, um auf ein Problem aufmerksam zu machen, das vielen Hühnern gar nicht bewusst ist: Es gibt riesige Würmerfarmen, um den steigenden Bedarf decken zu können. „Die Würmer werden nicht selten in krasser Überzahl auf keimfreien Betonböden gehalten", sagt sie. „Sie können nicht ihren natürlichen Bedürfnissen nachgehen und sich in die Erde eingraben." Das Futter, mit dem sie innerhalb kürzester Zeit auf das Verarbeitungsgewicht gemästet werden, bestehe nicht selten aus zermahlenen Artgenossen, die unter diesen Haltungsbedingungen vorzeitig ihr Leben ausgehaucht haben. Dabei nähmen Würmer von Natur aus eigentlich hauptsächlich pflanzliche Kost zu sich. Schließlich würden auch diejenigen Würmer aussortiert - also ebenfalls zermahlen und verfüttert - die die vorgesehene Normgröße überschritten hätten, so dass sie nicht mehr in die Verarbeitungsmaschinen der Fabriken passen. Und schließlich wäre da auch noch der Transport der Würmer von den Farmen zu den Fabriken, oft genug über weite Distanzen. „Der Würmerschutz wird mit Füßen getreten", empört sich Salvia

Custos-Gallosus. „Jedes Huhn ist ein Verbraucher und kann mit seinem Einkaufsverhalten abstimmen, ob es diese Verhältnisse unterstützt oder nicht." Die Besucher des Infostandes sind tief betroffen. Die meisten versichern, ohnehin nur sehr selten Würmerprodukte zu kaufen und wenn, dann natürlich nur Bioware.

„Dass unter solchen Bedingungen produzierte Würmer nicht den gleichen Nährwert haben wie freilebende Würmer, sollte jedem klar sein", sagt Amy Nosh. Es sei unerträglich, dass dieses Verb überhaupt im Zusammenhang mit Lebewesen gebraucht werde, fällt Salvia Custos-Gallosus ihr ins Wort und fordert mit Nachdruck: „Das muss schleunigst aus dem Sprachgebrauch der Hühner verbannt werden!"

Der Vollständigkeit halber wies sie noch darauf hin, dass in der Futterindustrie oft erst kürzlich in die EGU eingewanderte Hühner beschäftigt werden, die für diese sehr anstrengenden Tätigkeiten extrem niedrige Löhne erhielten. In den letzten Wochen war durch die Presse gegangen, dass viele der dort arbeitenden Hähne nur für wenige Wochen beschäftigt werden, während derer sie extrem beengt in schlecht belüfteten Ställen untergebracht werden. Wen wundert es da, dass sich Parasiten so leicht unter ihnen ausbreiten können! „Zu fordern, die in diesen Fabriken arbeitendem Hühner müssten nur oft genug baden, um Parasitenbefall zu vermeiden, ist ein Skandal und hühnerverachtend!", schimpft Custos-Gallosus.

„Würden die Hühner nur dann und wann Würmerprodukte oder anderes sogenanntes Convenience-Futter fressen", nimmt Amy Nosh das Thema Ernährung wieder auf, „wäre das ja noch zu tolerieren." (Convenience-Futter: lat. con „mit" und lat. venire „kommen"; also ein praktisches „Mit-komm"-Futter; Anm. d. Red.) Sie weist auf weitere, heutzutage sehr beliebte Nahrungsmittel hin, die nicht dem entsprechen, was Hühner traditionell zu sich genommen haben, die sich jedoch gut verpacken, transportieren und unterwegs schnell fressen lassen: Getreidesnacks aus fein gemahlenem Mehl anstelle von Körnern, würzige Polentachips statt Mais, gesüßte Smoothies statt frischem Gras oder Grünfutter. „Welches Küken erkennt lebende Würmer, Schnecken oder Insekten noch spontan als essbar oder weiß, wo und wie sie zu finden wären?", fragt sie. Da diese in der Natur selbstredend nicht in bunten, keimfreien Verpackungen vorkommen, könnten manche Küken sie gar für unhygienisch halten, wenn noch etwas Erde daran klebt, und sie riechen natürlich auch nicht nach dem allgegenwärtigen Desinfektionsmittel, mit dem diese Produkte für gewöhnlich zusätzlich versehen werden.

„Die Hühner nehmen zu wenig einfache, unverarbeitete Lebensmittel zu sich", kritisiert Nosh die modernen Ernährungsgewohnheiten. „Wenn mehrfach am Tag Würmerriegel, Würmeraufstrich, Wurmburger und andere Würmerprodukte verzehrt werden und dazu noch diverse Getreidesnacks, dann sind Übergewicht und eine Vielzahl von Krankheiten unter den Hühnern beinahe vorprogrammiert. Die Hühner fressen zu viel, zu fett, zu süß." - Zu süß? Ja, denn kaum bekannt ist die Tatsache, dass praktisch jedes Fertigfutter große Mengen an Zucker enthält, und dies vor allem dann, wenn es ausdrücklich für die Ernährung von Küken beworben wird. Dass heute so häufig früher Schnabelkaries bei Küken auftritt, kann daher kaum verwundern.

Gern wird übrigens behauptet, die Mehrheit der Hühner sei nicht bereit, mehr Geld für ihre Ernährung ausgeben. Es sei überdies eine soziale Frage, die Preise für Futter niedrig zu halten, da sich nicht alle Hühner die teureren Bio-Würmer leisten könnten. Dem hält Amy Nosh entgegen, dass die Hühner früher nur einen kleinen Teil ihres Energiebedarfs mit Würmern und Insekten gedeckt haben - abhängig von der Jahreszeit und der Verfügbarkeit - und ansonsten vornehmlich Körnerkost und Grünfutter zu sich nahmen. Heute stehen bei vielen jedoch täglich mehrfach Würmerprodukte und Convenience-Futter auf den Speiseplan. „Würmer und Würmerprodukte sollten wieder mit mehr Augenmaß verzehrt werden, zum Beispiel nur sonntags", schlägt sie vor.

Die moderne, nicht-natürliche und damit „schlechte" Ernährung im Verein mit Bewegungsmangel und Mangel an frischer Luft sei verantwortlich für eine Reihe von weit verbreiteten Krankheiten. „Es erstaunt in der Tat, dass die Regierung der EGU angesichts dieser seit langem bekannten und gut erforschten Zusammenhänge nicht stärker darauf hinwirkt, dass die Hühner sich gesünder ernähren und sich außerdem regelmäßig bewegen", sagt Amy Nosh. „Informationskampagnen zu gesunder Ernährung wären mit Sicherheit günstiger und weitaus effektiver als ständig neue Studien zu bis dato unbekannten Krankheiten mit klangvollen Namen", ist sie sich sicher.

Am Ende gab es die Möglichkeit, Fragen im persönlichen Gespräch zu klären, während sich die Zuhörer an einer Anzahl von natürlichen Häppchen stärken konnten, die Amy Nosh mitgebracht hatte. Nicht wenige meldeten sich daraufhin spontan zu einem der von Amy Nosh angebotenen Kochkurse an, welche im Laufe des Herbstes stattfinden werden. Es sind noch einige Plätze frei; Anmeldungen nimmt Amy Nosh gerne entgegen.

Das Publikum verließ das Hühnergemeinschaftshaus mit neuen Erkenntnissen und einer Vielzahl von Anregungen, die die meisten Besucher im Alltag umzusetzen versuchen möchten.

Une Cour à SOI

Gegen das Schweigen der Hühner
Wir feiern zehn Jahre „Verdummungsverbot"

Heute vor zehn Jahren trat das Freiheit-der-Wortwahl-Gesetz, im Volksschnabel kurz „Verdummungsverbot" genannt, in Kraft. Ein Bericht von Nina Suppenhuhn.

Bis vor zehn Jahren fand sich auf der Internest-Seite des Roter-Kamm-Instituts eine täglich aktualisierte Liste von Worten, deren Gebrauch in der Öffentlichkeit verboten war. Zuwiderhandlungen wurden geahndet, indem das betreffende Huhn für mindestens zwei Wochen von seinen Mithühnern isoliert wurde. Konnte das Huhn anschließend nachweisen, dass es das Wort nicht mehr benutzt hatte, durfte es wieder ungehindert seinen täglichen Geschäften nachgehen. Die Hühner seiner Umgebung wurden ebenfalls umgehend auf die Verwendung des inkriminierten Wortes überprüft und gegebenenfalls gleichermaßen isoliert. Hühner, die sich dem zu widersetzen versuchten, galten als Egoisten, die dem Wohl aller zu schaden trachteten, denn begründet wurden die Verbote mit dem Schutz der Gemeinschaft vor verbalen Angriffen. Mit der Zeit herrschte ein Klima der Angst und des Misstrauens, da kaum ein Huhn es mehr wagte, in der Öffentlichkeit den Schnabel aufzumachen. Die Regulierungswut, die die Hühner über Jahre ergriffen hatte, brachte das öffentliche Leben der Hühner schließlich fast komplett zum Erliegen. Seien wir ehrlich: Es war nicht mehr möglich, auch nur einen einzigen Satz zu sagen, ohne dass sich irgend ein Huhn durch ein Wort, eine Wendung angegriffen gefühlt hätte. Kaum ein Huhn wagte es noch, selbst mit guten Freunden ein harmloses Gegacker zu führen aus Angst, es könne für den

Gebrauch eines falschen Wortes mit Maßnahmen belegt werden. Jahrelang wurde sprachlich jede kleinste Wendung geregelt, um etwaigen Fehlern lückenlos vorbeugen zu können. Am Ende sprachen die Hühner vorsichtshalber nur noch über das Wetter. Und selbst das war nicht immer ohne Tücke, denn manche Hühner lieben die sommerliche Hitze, die sie mit ausgedehnten Sandbädern zu genießen pflegen, während andere Hühner dies als unangenehm empfinden und sich am liebsten im Stall verstecken würden, bis es kühler wird und es endlich wieder einmal regnet. So konnte selbst ein „Schönes Wetter heute!" zu unangenehmen Situationen führen. Man kann sich denken, dass dies eine Situation war, die den Austausch tiefer Gedanken konterkarierte und den intellektuellen Fortschritt der Hühner beschränkte.

Doch das ist glücklicherweise Geschichte! Es gibt keine Liste der verbotenen Worte und damit keine Denkverbote mehr. Das haben wir vor allem den Hennen zu verdanken, die im damaligen Sommer wochenlang demonstriert hatten. Erst saß nur eine Henne mit einem Schild „Gackern wie der Schnabel gewachsen ist" vor dem Parlamentsgebäude. Eine zweite setzte sich dazu, dann eine dritte, eine vierte. Nach einer Woche kamen schon hundert Hennen. Und es wurden ständig mehr. Die Nachricht von den friedlichen Demonstrationen für das Recht auf freies Gackern verbreitete sich wie ein Lauffeuer. Die Presse berichtete rund um die Welt. Hatte die Regierung zunächst versucht, die Demonstrantinnen als Verschwörungstheoretikerinnen zu diffamieren, die sich aus rein egoistischen Motiven nicht am Schutz von Minderheiten beteiligen wollten, konnte sie dies auf Dauer nicht durchhalten. Als sich den Hennen immer mehr und vor allem junge Hühner und Küken anschlossen, die auf ihr Recht auf Gackerfreiheit pochten, musste sie schließlich nachgeben. Am Ende wurde die Freiheit des Gegackers wieder hergestellt. Mehr noch; es wurde das Freiheit-der-Wortwahl-Gesetz, ein Gesetz zur Vielfalt des Gackerns und Krähens erlassen, kurz und prägnant auch „Verdummungsverbot" genannt.

Lange genug waren viele unserer Mithühner in die Schmuddelecke gestellt worden, nur weil sie bestimmte Worte benutzt hatten. Worte, die ursprünglich eigentlich ganz harmlos waren, Worte, die nicht mehr als passend empfunden und darum durch andere Bezeichnungen ersetzt wurden. Als Beispiel seien die Farbschläge der Hühner angeführt. Es gibt Hühner mit braunen Federn, weißen Federn, schwarzen Federn, grünen Federn, roten Federn und viele mehr. Natürlich gibt es auch mehrfarbige Hühner. Im Namen der political correctness wurde gefordert, dass man Hühner mit dunklen Federn nicht mehr als „schwarz" oder „braun" bezeichnen solle. Eine Weile nannte man sie „farbig" - was natürlich überhaupt keinen Sinn ergab, da Schwarz physikalisch das Fehlen jeglichen Lichtes und damit natürlich auch jeglicher Farbe bedeutet und „farbig" darüber hinaus eine Mehrfarbigkeit impliziert, die hier gerade nicht gegeben ist. „Hühner mit maximalpigmentierten Federn" wurde als Alternative angeboten. Hühner mit weißen Federn sollten folgerichtig „Hühner mit minimalpigmentierten Federn" genannt werden. Da sich für Hühner mit anderen Federfarben keine sprachlich korrekten und allgemein akzeptierten Bezeichnungen finden ließen - zum Beispiel waren einige Hühner mit grünen Schwanzfedern nicht einverstanden mit der Bezeichnung „grün", da sie fürchteten, damit womöglich in die Ecke von Ökodiktatoren gerückt zu werden, und das vorgeschlagene „tannenfarbenschwänzig" konnte sich nicht durchsetzen - war es schließlich nicht mehr zulässig, die Federfarbe eines Huhns überhaupt zu erwähnen.

Die Benennung der Hühner nach ihren Rassen (zum Beispiel Lachshuhn, Westfälischer Totleger, Nackthalshuhn, Zwerg-Barnefelder, Bergischer Kräher oder Leghorn) wurde ebenfalls nicht mehr toleriert, da viele dieser Namen aus Adjektiven und Nomen zusammengesetzt sind und vor allem die Adjektive hätten genutzt werden können, um ein Huhn damit zu verspotten.

Nicht einmal mehr die Worte „Huhn" und „Hahn" waren am Ende noch zulässig, da sie jene Artgenossen ausschließen würden, die sich weder als das eine noch als das andere fühlten.

Eine weitere sprachliche Hürde tat sich auf, als die Hühner begannen, Worte in einem anderen als dem althergebrachten Sinn zu verwenden. Der Begriff „Superspreader" zum Beispiel bezeichnete früher einen Hahn, der beim exzessiven Scharren besonders viele Körner in der Umgebung verteilte. Heute wird es in der Schenkelbuilding-Szene für einen Champion gebraucht, der seine Flügel zwecks Zurschaustellung seiner Muskeln am weitesten abspreizen kann, was ihm bei Wettkämpfen besonders viele Punkte einbringt.

Dann gab es eine Reihe von „neuen" Worten, die aus fremden Sprachen entlehnt wurden. Nicht selten werden diese Worte in ihren ursprünglichen Sprachen gar nicht oder nicht im selben Sinne verstanden. Ein Beispiel hierfür ist das Verb „committen". Die Chicken Wings nutzen es oft im Sinne von „sich zwanglos verabreden" - „komm mit" eben. Die englischen Hühner würden diesen Gebrauch des ihrer Sprache entlehnten Wortes vermutlich nicht verstehen, da „to commit" eigentlich bedeutet, sich zu verpflichten oder zu binden. Man fürchtete, dass sprachliche Missverständnisse schlimmstenfalls zu schweren diplomatischen Verwicklungen führen könnten.

Es wurden auch Worte auf die Liste gesetzt wie „Zweibeiner". Das Wort „Zweibeiner" bezeichnet ein Lebewesen, welches sich auf zwei Beinen fortbewegen kann wie zum Beispiel wir Hühner. Allerdings gibt es auch Hühner, die sich an einem Bein verletzt haben und nur mehr auf einem Bein hüpfen oder auf dem Po rutschen können. Es gab Diskussionen darüber, ob das Wort „Zweibeiner" diese Hühner ausgrenze. Es sollte nicht mehr benutzt werden, um die Gesamtheit allen Geflügels zu bezeichnen, da es sie nicht mit einschließe. Als Alternative wurde das Wort „Spornträger" vorgeschlagen.

In manchen Ländern waren die Regelungen indes weit schärfer als in der EGU und bezogen sich nicht nur auf die Wortwahl, sondern es wurde den Hühnern vorgeschlagen, selbst nur noch auf einem Bein zu hüpfen, um die verletzten Hühner nicht auszugrenzen. Bald darauf wurde die Formulierung geändert und dieses Verhalten „dringend empfohlen". Schließlich wurde gar ein Gesetz erlassen, welches es den Hühnern verbot, sich in der Öffentlichkeit auf zwei Beinen fortzubewegen.

In der EGU wurde kein solches Gesetz verabschiedet, weshalb die politisch Verantwortlichen nicht müde wurden zu betonen, wie glücklich sich die Hühner der EGU schätzen dürften, da sie lediglich sprachliche Vorgaben zu befolgen hätten, um ihre Mithühner vor Ausgrenzung zu schützen. Man möge sich doch bitte nicht unausgesetzt beklagen, sondern positiv denken und das Beste aus der Situation machen, was den Gemeinschaftssinn ganz ungemein stärke.

Die Küken waren übrigens die Haupt-Leidtragenden der Situation. Sie durften kaum einmal ungehindert mit anderen Küken zusammenkommen und spielen, ohne dass erwachsene Hühner unausgesetzt ihre Verwendung einwandfreier Sprache überwachten. Sie konnten auch kaum noch sinnvoll unterrichtet werden, da die Klassen nur selten vollständig besetzt waren. Viele Küken konnten die Schule aufgrund von Isolierungsmaßnahmen wochenlang nicht besuchen. Aus dem gleichen Grund fehlten auch immer wieder Lehrer. Ohnehin war es fast unmöglich geworden, irgend ein Fach noch vernünftig zu unterrichten, da gewöhnlich aus jedem Satz mehrere Wörter gestrichen werden mussten, bis er endlich politisch korrekt formuliert worden war.

Die Hennen, die im Sommer vor zehn Jahren wochenlang vor dem Parlamentsgebäude ausgeharrt ha-

ben, verdienen unseren tief empfundenen Dank dafür, dass sie uns
von diesem Joch befreit haben. Es
darf nie wieder zu einer Situation
kommen, in der die Freiheit des
Gackerns und Krähens - und damit
des Geistes! - derartig einge-
schränkt wird. Wehret den Anfän-
gen! - Was wollen Sie Ihren Küken
antworten, wenn diese Sie eines
Tages fragen, warum Sie nichts
gegen die Einschränkung unserer
aller Freiheit unternommen haben?

Die Redaktion von **Une Cour à
Soi** möchte Ihnen jedoch eine
einzige Ausnahme ans Herz legen:
Das Wort „Pandemie", wenngleich
natürlich nicht mehr verboten,
sollte nach Möglichkeit weiterhin
äußerst sparsam verwendet werden. „Demie" ist das französische
Wort für „halb", und zwar in der
weiblichen Form. Die Silbe „Pan-"

wurde früher vom griechischen
Wort pan = ,gesamt, umfassend,
alles' abgeleitet, so dass „Pandemie" „die weibliche Hälfte von
allem" (von den chinesischen
Hühnern auch als „Yin" bezeichnet)
bedeutete. Es wird heute jedoch
von nicht wenigen Hühnern als
abschätzige Bezeichnung („halbes
Hähnchen") für Pan verwendet, der
doch vielen Hühnern als Hirtengott
gilt, der ihnen Nahrung bringt.

Da mit „Nahrung" jedoch nicht
nur Futter und das nackte Überleben gemeint sind, sondern auch die
Nahrung des Geistes und somit weit
darüber hinausgehende Möglichkeiten und Bedürfnisse, die uns so
lange verwehrt geblieben sind,
sollte dieses Wort weiterhin bitte
möglichst achtsam gebraucht werden.

Une Cour à SOI

"Saturday Night Feather"

Protestveranstaltung der Chicken Wings in Hahnburg

Im Rahmen der Saturday-Night-Feather-Bewegung finden seit gut zwei Monaten an jedem Samstagabend Aktionen der Chicken Wings statt, um damit auf die von ihnen als unmäßig empfundenen altersgebundenen Einschränkungen aufmerksam zu machen. Nina Suppenhuhn berichtet von der heutigen Hauptkundgebung in Hahnburg.

Die Positionen stehen sich diametral gegenüber. Sollen die Junghühner weitgehend allein auf dem heimischen Nest oder besser gemeinsam lernen? Wie kann man die Küken am besten für die Anforderungen der modernen Hühnerschaft rüsten und damit deren Wohlstand sichern?

"Digitalisierung ist die Antwort auf die Probleme der Zeit", sagen die Befürworter des Nest-Schoolings oder der Nest-Uni für die Küken, so wie es derzeit überwiegend praktiziert wird. Das Wort 'Digitalisierung' ist abgeleitet von Digitus = lat. "Finger" und al = türk. "rot"; also rote, vom eifrigen Schreiben und Lernen gut durchblutete Krallen - wobei der Wissenserwerb idealerweise auf dem stillen heimischen Nest stattfinden sollte, wo es keine allfälligen Ablenkungen gibt.

"Lernen sollte möglichst multimodal stattfinden und ist untrennbar an soziale Situationen gebunden", sagen die anderen, die für den althergebrachten täglichen Schul- bzw. Unibesuch plädieren. Die Küken, die an den Aktionen der Saturday-Night-Feather-Bewegung teilnehmen, sehen dies selbst genau so und verlangen, dass die in den letzten Jahren weitgehend geschlossenen Anstalten wieder geöffnet werden. Zu ihrem Unmut trägt außerdem bei, dass immer

73

mehr Küken den Älteren als unruhig und flatterhaft gälten und in der Folge oft vorschnell mit Diagnosen belegt würden, aufgrund derer sie nicht selten Medikamente verordnet bekämen. Dabei, so sagen sie, handele es sich um den vollkommen normalen Bewegungsdrang heranwachsender Küken, den man nicht unterbinden, sondern im Gegenteil fördern sollte, zumal mittlerweile zahlreiche Studien einen empirischen Zusammenhang zwischen Bewegung und Lernen belegten.

Die Reaktionen der Passanten sind geteilt. Einige finden es gut, dass die Junghühner ihre Meinung mit Reden, auf Transparenten und natürlich auch musikalisch vertreten. Andere glauben, dass die Chicken Wings kräftig über die Stränge schlagen. Ein älterer Hahn zischt durch den verächtlich heruntergebogenen Schnabel, zu seiner Zeit hätte es das nicht gegeben. Die Chicken Wings litten allesamt am Restless Chicken Syndrome, und tatsächlich fordert er, dass man dem unbedingt medikamentös be-

gegnen müsse. "Dann herrscht wieder Ruhe und Ordnung!", kräht er empört. Es könne nicht sein, dass die Jugend alles in Frage stelle, was über Jahrzehnte mühsam aufgebaut wurde.

(Anm. d. Red.: Das Restless-Chicken-(Hyperaktivitäts)-Syndrom (RC(H)S) gilt als eine behandlungsbedürftige Störung bei Küken, die nicht stillsitzen und sich nicht konzentrieren können. Sie wird oft mit Amfederminen behandelt. Amfedermine werden in verschiedene Gruppen unterteilt. Einige davon zählen zu den Drogen, andere werden als Medikamente verordnet. Zu letzteren gehören Präparate mit dem Wirkstoff Mentholfedernidat. Bekannte Handelsnamen sind z.B. Flatterlin oder Modikümed. Die bekanntesten zu den Drogen gerechneten Amfedermine sind Kükain, Rush oder Euphory, welche schwere Gesundheitsschäden verursachen. Ärztlich verordnete Amfedermine hingegen haben praktisch keine Nebenwirkungen, und Langzeitfolgen sind völlig unbekannt.)

Spricht man mit den Chicken Wings über die Hintergründe ihrer Protestaktionen, bekommt man erstaunlich differenzierte Antworten zu hören. Hier die Aussagen von vier Junghühnern, die stellvertretend für Tausende von Küken stehen, die heute nach Hahnburg gekommen sind, um ihre Meinung zu vertreten. Sie erheben schwere Vorwürfe gegen die ältere Hühnergeneration.

"Die älteren Hühner behaupten, dass es das Beste für uns sei, ohne Ablenkung durch andere Küken per Nest-Schooling oder Nest-Uni zu lernen und später im Nest-Office zu arbeiten, während sie selbst aber die ganze Zeit real unterwegs sind", erklärt Anna-Lena Dotter den Unmut der jungen Hühnergeneration. "Es ist ja richtig, dass die Hühner nicht unbegrenzt durch die Welt streifen und sich überall die besten Häppchen schnappen können, denn übermäßige Mobilität zerstört unsere Lebensgrundlagen. Aber dann doch bitte gleiches Recht für alle! Dann sollen die alten Hühner gefälligst auch ihren Federpopo auf dem Nest behalten. Doch sie scheinen zu glauben, das alleinige Recht zu besitzen, die Regeln zu bestimmen, und die sind den Jüngeren gegenüber einfach nicht fair!" beklagt sie.

"Die älteren Hühner meinen offenbar ein Anrecht darauf zu haben, dass sie sich in keiner ihrer Gewohnheiten jemals einschränken müssen. Sie wollen nicht mehr mit uns Jüngeren teilen", klagt Finn Flatter, während Anna-Lena Dotter auf das seit zehn Jahren geltende Verdummungsverbot und die Abschaffung der Schnabeltücher hinweist und sagt: "Trotzdem würden sie uns am liebsten die Schnäbel verbieten und uns auf dem Nest festbinden. Sie versuchen uns mit "Hygge-Konzepten" zu ködern. Aber das funktioniert so nun einmal nicht!." (Hygge ist ein skandinavischer Ausdruck für "das Wohlbefinden"; Anm. d. Red.)

"War es in früheren Jahrhunderten immer das Bestreben der Hühner, dass ihre Küken es einmal besser haben sollten", ergänzt Benjamin Küken, "so scheint sich das in den letzten Jahrzehnten leider enorm gewandelt zu haben. Die Einschränkungen behindern uns in unserer Bildung und Entwicklung und nehmen uns damit wichtige Zukunftschancen."

"Ihnen fehlt entweder der Blick dafür, dass die Hühnerschaft sich ihren Lebensstil gar nicht mehr auf Dauer wird leisten können, oder es ist ihnen einfach egal, solange es ihnen nur gut geht!", wirft Fiona Feder ein.

"Genau!" stimmt Benjamin Küken ihr zu. "Wollten unsere Großeltern vor allem genug zu fressen und ein Reihennest mit möglichst sonnigem Auslauf, ver- langten unsere Eltern darüber hinaus freie Liebe und Reisefreiheit. Heute wollen alle hauptsächlich die Freiheit zu reisen und zu konsumie- ren, was oder wann und soviel sie wollen."

Fiona Feder streicht ihre langen Federn zurück. "Wir aber sollen ständig auf dem Nest bleiben. Sobald wir uns auch nur ein bisschen bewegen wollen, heißt es, wir seien hyperaktiv, und sie geben uns Medikamente! Wir verlangen ja nicht, dass es uns NOCH besser gehen soll als ihnen", sagt sie, "aber sie beschneiden unsere Freiheit in einfach unerträglichem Maße....."

"Dabei behaupten sie, dass es ihnen nur um die Sicherung des Wohlstandes der Hühnerschaft gehe", unterbricht sie Anna-Lena Dotter und schnaubt verächtlich, "aber in Wahrheit sollen wir stillhal- ten, während sie ihr Leben mit "Unruhestand" beschreiben, ohne dass jemals irgendwer fordert, sie sollten deswegen Medikamente einnehmen!"

Finn Flatter fügt hinzu, er wisse von erwachsenen Hühnern, die selbst über einen langen Zeitraum ausschließlich im Nest-Office hätten arbeiten müssen, dass sie dies nicht uneingeschränkt positiv bewerte- ten: "Sie beklagen die Vereinzelung und Kontaktarmut ebenso wie den Verlust wichtiger Informationen, die sie eben nicht per 'Silberfederchen' über das Internest bekommen kön- nen, sondern nur über den soge- nannten 'Stallfunk' oder durch in- offizielles Arbeitsgegacker am Ran- de von Konferenzen und Meetings. -

Und für das Lernen an Schulen und Unis soll das nicht gelten?", fragt er kopfschüttelnd.

An dieser Stelle bekommt er in der Tat prominente Unterstützung. Karl Hahn, der langjährige Vorsitzende der OWEH (Organisation für Wirtschaft und Entwicklung der Hühner) verweist darauf, dass die Regierung der EGU den betroffenen Hühnern zum Ausgleich der erheblichen Nachteile durch die offensichtlich als belastend empfundene dauerhafte Arbeit im Nest-Office jüngst Steuergeschenke zugesichert habe. Dies erstaune ihn auch und gerade angesichts der Tatsache, dass Berufe, in denen das Arbeiten im Nest-Office möglich sei, in der Regel ohnehin bereits erheblich besser bezahlt würden als solche, welche naturgemäß kein Nest-Office zuließen wie beispielsweise das Pflegen alter oder kranker Hühner, die Arbeit bei der Streuabfuhr oder im Futtermittelverkauf.

Stellvertretend für den HMPF (Hühnerrat für maßgebliche philosophische Fragen) lässt Astrid Höna verlauten, sie sympathisiere insoweit mit den Zielen der Saturday-Night-Feather-Bewegung, als die uneingeschränkte Wiedereröffnung von Schule und Universitäten gefordert werde. Dazu zitierte sie einmal mehr die Erziehungswissenschaftlerin Gudrun Trut: "Nur selber denken macht schlau!" Auf dem Wege dorthin profitierten die Küken nun einmal von der Anleitung durch erfahrene Pädagogen wie auch vom Austausch untereinander. Die besten Orte hierfür seien nicht von ungefähr schon immer Schulen und Universitäten gewesen.

Die Aktionen der Chicken Wings haben mittlerweile auch ein breites Echo in der Presse gefunden. Schiamazzo della Sera titelt: "Saturday Night Feather - dahinter stecken immer kluge Kämme". Die Östliche Kamm-Zeitung dagegen zeigt weniger Verständnis und fordert, dass doch lieber erst einmal dem darniederliegenden Krallenball aufgeholfen werden solle, bevor man die Küken wieder unkontrolliert durcheinander laufen lasse, da der Krallenball schließlich ein wichtiger Wirtschaftsfaktor für die gesamte EGU sei. Auch der Feathering Standard ist der Meinung, dass die Stärkung der Wirtschaft das wichtigste Ziel sein müsse, dem kostenintensive Bildungsreformen deutlich nachzuordnen seien, da andernfalls die laufenden Renten und Lasten nicht mehr bezahlt werden könnten. Die New Fork Times lässt immerhin eine Mahnung anklingen, dass es zur Sicherung des Wohlstandes der Hühner in der Zukunft auch der Bildung des Nachwuchses bedürfe. Le Coquero ist darüber hinaus der Meinung, dass auf Dauer auch das kulturelle Schaffen der Hühner darunter leiden könnte, wenn die Küken nicht die bestmögliche Bildung erhielten und greift damit einige zentrale Kritikpunkte der Chicken Wings auf. Der Kanan Sanomat ermuntert die Chicken Wings sogar mit den Worten "Die Lage ist Hühnermist. Macht Gold daraus!"

Die Verantwortlichen der EGU haben bislang zurückhaltend auf die Forderungen der Junghühner reagiert. Zuletzt hieß es, im Umgang mit den Chicken Wings gälten auch in Zukunft die sogenannten AHA-Regeln: Achtsamkeit - Hygge-Konzepte - Abholen-wo-sie-stehen.

Astrid Höna sieht sich daher veranlasst, im Namen des die Regierung beratenden HMPF mahnende Worte an dieselbe zu richten: "Die Lage ist ernst. - Nehmen Sie es so ernst wie es ist."

Über die Autorin:

Christine Trops, Jahrgang 1966, arbeitet in einem kaufmännischen Beruf und als Homöopathin (HP). Sie lebt mit ihrem Mann und zwei Kindern am Untermain.
"Hühnerkram" ist ihre erste Veröffentlichung.

Zeitfracht Medien GmbH
Ferdinand-Jühlke-Straße 7
99095 Erfurt, Deutschland
produktsicherheit@kolibri360.de